Martin Gülich
Der Zufall kann mich mal

www.beltz.de
© 2015 für diese Lizenzausgabe Beltz & Gelberg
in der Verlagsgruppe Beltz · Weinheim Basel
Werderstr. 10, 69469 Weinheim
Alle Rechte für diese Ausgabe vorbehalten
© 2014 by Thienemann-Esslinger Verlag GmbH, Stuttgart
Neue Rechtschreibung
Einbandgestaltung: Cornelia Niere, München,
unter Verwendung eines Motivs von
Mark Owen/Trevillion Images
Gesamtherstellung: Beltz Bad Langensalza GmbH,
Bad Langensalza
Printed in Germany
ISBN 978-3-407-74585-9
1 2 3 4 5   19 18 17 16 15

Martin Gülich

DER ZUFALL KANN MICH MAL

GULLIVER
von BELTZ & Gelberg

Warum ich Ahab heiße
und warum Lesen eine gefährliche Sache ist

Ich bin vierzehn. Luca sagt, dass das so ziemlich das beschissenste Alter ist, das man haben kann, und dass man, wenn es nach ihm ginge, das Jahr auch einfach auslassen könnte, aber das hat er auch mit dreizehn schon gesagt. Ich fand elf ziemlich trübe, und mein Vater hat mit fünfundzwanzig seinen Durchhänger gehabt, und um ein Haar wäre er damals nach Indien ausgewandert und hätte dort eine Imbissbude aufgemacht. Super Idee, vor allem, wenn man keine Ahnung davon hat, was die Leute in Indien überhaupt essen. Jetzt schreibt er Bücher, aber was die Leute lesen wollen, weiß er auch nicht so recht. Jedenfalls hab ich noch nie ein Buch von ihm im Buchladen im Schaufenster liegen sehen, und in der Gemeindebücherei haben sie auch keins, und als ich gefragt hab, ob sie nicht mal eins anschaffen können, da haben sie gelacht und gesagt, dass mich bestimmt mein Vater geschickt hat.

»Hat er nicht«, hab ich geantwortet und dass sie keine Ahnung haben und mein Vater der beste Schriftsteller weit und breit ist und irgendwann sogar den Nobelpreis bekommt, und wenn ich nichts davon gesagt hab, dann hab ich es wenigstens gedacht.

Luca geht mit mir in eine Klasse. Seit ich denken

kann, sitzen wir nebeneinander, und das kann ruhig so bleiben, bis wir irgendwann mal mit der Schule fertig sind. Ein bisschen sind wir wie Brüder, was bedeutet, dass wir uns manchmal auch streiten, ziemlich heftig sogar, und einmal haben wir uns sogar geprügelt, aber mehr als zwei Tage Funkstille ist dabei bisher noch nicht rausgekommen.

»Frieden, Luca«, sage ich dann irgendwann und Luca nickt und antwortet: »Frieden, Ahab«, und wir sind beide froh, dass unser Streit ein Ende hat.

Ahab, alle nennen mich so, seit Remo vor zwei Wochen damit angefangen hat, aber was soll's, irgendeinen Spitznamen muss man ja haben, und irgendwie finde ich, dass meiner gar nicht mal so übel ist. Immerhin ist dieser Ahab Kapitän, auch wenn er ein Holzbein hat und am Ende ziemlich unrühmlich absäuft, aber Luca hat erzählt, dass es allen anderen auf dem Schiff genauso geht, und so bin ich wenigstens der, der bis zum Absaufen das Kommando hat. Trotzdem hatte ich eine verdammte Wut am nächsten Tag. Ein einziger Film im ganzen Schuljahr, und ich sitze mit meinen Eltern im Auto und fahre zur Beerdigung von Oma Gerda. Ich weiß schon, es ist furchtbar, wenn jemand stirbt, und man soll nicht wütend sein, wenn man deswegen einen Film verpasst, sondern traurig, sehr, sehr traurig, weil man den geliebten Menschen ja nun nie mehr sehen kann. Aber wer sagt denn, dass ich Oma Gerda noch mal sehen wollte? Und wer, dass ich sie geliebt habe? Außerdem war Oma Gerda gar nicht meine wirkliche Oma, eher so was wie eine Tante und noch nicht einmal verwandt mit uns, aber so genau haben die das in der Schule gar nicht wissen wollen.

»Du darfst mit«, hat meine Mutter gesagt, als sie von der Sprechstunde bei Herrn Behrens zurückgekommen ist, und hat dabei gestrahlt, als wäre so eine Tanten- beerdigung eine Riesensache, die man auf keinen Fall verpassen darf. Gut, unter normalen Umständen ist ein Tag schulfrei natürlich nicht zu verachten, noch nicht mal, wenn man dafür zwei Stunden lang von lauter Trauergesichtern umgeben ist und nicht lachen darf, wenn einer der Totengräber stolpert und dabei fast in die Grube fällt. Da war es kurz nach elf, ich hab auf die Uhr gesehen, Mathe bei Frau Maar, und ich hab mir vorgestellt, wie die anderen gerade über ihren Heften schwitzen und wie Remo an der Tafel steht und von Ma-Maar mal wieder zum Deppen gemacht wird, dabei haben zu der Zeit längst alle mit den Zehnern zusam- men im Musiksaal gesessen und diesen Film gesehen. Zum Glück für meine Eltern hab ich das auf der Be- erdigung noch nicht gewusst, sonst wäre ich vermutlich ziemlich unausstehlich gewesen. Was ist schon ein Tag schulfrei, wenn man dabei den einzigen Film des Jah- res verpasst, also den einzigen richtigen und noch dazu den, dem man seinen Spitznamen verdankt. Schlechte Planung, Oma Gerda jedenfalls hätte man genauso gut noch einen Tag später begraben können, schließlich ist Februar und nicht August, und es ist so kalt, dass die Toten auch mal ein paar Tage länger halten.

»Wie war's?«, hat Luca mich am nächsten Tag gefragt, und ich hab gesagt: »Toll, einer der Totengräber ist in die Grube gefallen und hat sich den Arm gebrochen«, und da hat Luca gelacht.

»Du spinnst«, hat er gesagt, »so was passiert doch nur im Film.«

»Tut es nicht«, hab ich geantwortet und dabei versucht, ein bisschen beleidigt zu klingen, »kannst ja meine Eltern fragen«, aber da hat Luca noch einmal gelacht und gesagt, dass er das bestimmt nicht tut, weil eine Zeugenaussage innerhalb der Familie eh nichts gilt, und da hab ich ihn einfach stehen lassen und bin gegangen.

Warum ich Ahab heiße? Na ja, weil ich ein steifes Bein hab, oder ein fast steifes Bein, aber so genau guckt ja keiner hin, wenn's um Spitznamen geht. Und aus Holz ist es auch nicht, aber Remo hat gesagt, dass der Käpt'n im Film genauso über Deck gelaufen ist wie ich über den Schulhof, immer das eine Bein voraus und das andere im Halbkreis hinterher, und die anderen haben gelacht und gesagt, ja, stimmt, genau wie der Käpt'n, genau wie Käpt'n Ahab, und ab da war die Sache eben geritzt.

Remo, irgendwie ist er mir ein Rätsel. An einem Tag reißt er Witze, über die die ganze Klasse lacht, und am nächsten sagt er kein Wort und drückt sich allein im hintersten Winkel vom Schulhof rum. Und wenn ihn einer anspricht, motzt er ihn an, dass er sich verpissen soll und dass er ein Recht hat, in Ruhe gelassen zu werden, weil er in einem freien Land lebt, und in einem freien Land jeder erst mal um Erlaubnis fragen muss, wenn er einen anderen anquatscht, so Schwachsinn eben, aber immerhin hat es Remo inzwischen geschafft, dass sich so ziemlich alle daran halten, wenn er mal wieder seine Tage hat.

Der Film hieß übrigens *Moby Dick* und so, wie Luca erzählt hat, ist das der Name von einem riesigen weißen Wal, den dieser Käpt'n Ahab jagt, weil der ihm früher mal sein Bein abgebissen hat. Wie genau das passiert ist, hat Luca allerdings auch nicht mehr gewusst, und irgendwie konnten wir uns beide nicht vorstellen, warum so ein Wal einem Menschen ein Bein abbeißen soll, wo er doch sonst nur Plankton frisst.

»Vielleicht hatte er ja Tollwut oder so was«, hat Luca gemeint, aber daran glaubt er wahrscheinlich selbst nicht so recht.

Komisch, bei Tollwut muss ich schon wieder an Oma Gerda denken. Dabei ist sie weder an Tollwut noch an irgendeiner anderen Krankheit gestorben. Oma Gerda ist beim Fensterputzen ausgerutscht und aus dem zweiten Stock in den Garten gefallen, direkt in ihr geliebtes Rosenbeet, was, wenn sie davon noch etwas mitbekommen hat, vielleicht sogar ein schöner Tod für sie war.

Was mich angeht, so sterbe ich vielleicht mal beim Lesen oder beim Geschichtenschreiben oder beim Schlafen in der Hängematte, aber da das alles ziemlich ungefährliche Beschäftigungen sind, werde ich wahrscheinlich hundert Jahre alt. Allerdings ist Lesen gar nicht so ungefährlich, wie man denkt, ich jedenfalls hab mir dabei vor fast drei Jahren mein steifes Bein geholt. Gut, man könnte auch sagen, ich hab's mir beim Fahrradfahren geholt, oder im Krankenhaus, weil der Oberarzt bei der Operation mein Bein mit einer Schweinshaxe verwechselt hat, aber wenn man es genau betrachtet, hat es am Ende eben doch mit dem Lesen zu tun. Luca meint, dass man in Amerika bei so was sogar auf Schmerzensgeld klagen kann, weil der Verlag nirgendwo ins Buch reingeschrieben hat, dass Lesen beim Fahrradfahren schädlich sein kann. Klingt bescheuert, aber wer weiß, immerhin ist Lucas Mutter Staatsanwältin und kennt sich mit solchen Sachen aus. Dumm nur, dass ich nicht in Amerika lebe und dumm, dass das Buch nicht in einem amerikanischen Verlag erschienen ist. Aber am dümmsten von allem ist, dass jeder Idiot weiß, dass Lesen beim Fahrradfahren schädlich sein kann. Klar ist es blöd, wenn man nur noch drei Seiten von einem Buch übrig hat und keine Zeit mehr, sie zu lesen, weil man zum Hockey-Training muss und genau weiß, dass man fünf Extrarunden aufgebrummt kriegt, wenn man wieder mal zu spät kommt. Aber kein Mensch, der nicht komplett bescheuert ist, kommt auf die Idee, sein Buch auf der Lenkstange unter die Klingel zu klemmen. Keiner außer mir!

Gut, das mit dem Fahrradfahren hat sich seitdem erledigt, sodass ich vielleicht doch hundert Jahre alt werde, aber ehrlich gesagt wären mir achtzig auch recht, wenn ich dafür nicht andauernd von meiner Mutter in der Gegend rumgefahren werden müsste. Es ist einfach nicht besonders witzig, wenn man als Einziger zu einer Party mit dem Auto vorfährt und, schlimmer noch, so auch wieder abgeholt wird. Und zwar pünktlich, da ist auf meine Mutter Verlass. Von mir aus würden auch siebzig Jahre reichen, wenn ich dafür wieder Hockey spielen könnte oder sogar sechzig für Hockey und Fahrradfahren zusammen. Für richtiges Fahrradfahren wohlgemerkt! Ein halbes Jahr nach dem Unfall haben mir meine Eltern nämlich so ein Behindertenteil geschenkt, eines, bei dem man nur mit einem Bein treten muss, und das andere ist immer ausgestreckt und dreht sich nicht mit, aber ich hab mich geweigert, auch nur einen Meter damit zu fahren. Lieber, hab ich gesagt, hinke ich zweimal um die Erde, als mich vor aller Welt mit so einem Spasti-Ding lächerlich zu machen, und da waren meine Eltern ziemlich traurig. Mein Vater hat am Abend hinter der Schlafzimmertür sogar ein bisschen geweint, und da hat es mir leidgetan, also das mit dem Spasti-Ding, aber damit gefahren bin ich trotzdem nicht.

In der Zeit nach dem Unfall hab ich auch geweint, ziemlich oft sogar, ist ja nicht gerade ein Spaß, mit elf Jahren schon rumzulaufen wie ein Rentner mit Prothese. Und es ist auch kein Spaß, ein Jahr lang alle drei Wochen zwei Tage im Krankenhaus herumzuliegen, weil die Ärzte versuchen, doch noch irgendwas hinzubiegen, obwohl man ihnen genau ansieht, dass sie die

Hoffnung längst aufgegeben haben. Aber Jammern lohnt nicht, vor allem, wenn man die Sache selbst verbockt hat, und welche Schuld der Oberarzt an meinem steifen Bein hat, ist mir inzwischen fast schon egal. Das Behindertenrad hat mein Vater übrigens versucht bei *eBay* zu verkaufen, aber obwohl er es für 1 € eingestellt hat, wollte es keiner haben. So wenig wie seine verschrammte Gitarre und eine afrikanische Ebenholzfigur, für die er selbst angeblich mal über 50 € gezahlt hat. Also nicht, dass hier ein Missverständnis entsteht: Mein Vater ist absolut das Beste, was ich habe, und wenn einer was gegen ihn sagt, bekommt er mein steifes Bein vors Knie. Aber im Verkaufen ist er eine Vollniete. Dass er bei eBay trotzdem über 70 Sterne hat, liegt einzig und allein daran, dass er seine Käufe immer gleich am selben Tag bezahlt und dass seine Sachen, wenn er doch mal was losbekommt, ziemlich billig über den Tisch gehen. »Egal«, sagt er dann, »Hauptsache, weg«, und ich glaube, er meint das sogar so.

Ich habe da schon ein bisschen mehr Ehrgeiz, und auch wenn ich bislang erst 42 Sterne habe, führe ich beim Verkaufen mit 39 zu 9. Noch dazu habe ich mit meinen letzten Geschäften richtig gut Geld verdient. Allein für meinen Satz *Happy Hippos im Fitness-Fieber* habe ich 24,70 € bekommen und meine *LEGO*-Ritterburg ist für fast 60 € weggegangen. Nur mit meinem Hockeyschläger gab's ein paar Probleme. Dabei haben zwei sogar um die Wette geboten, bis er am Ende bei 42,50 € lag, was mehr als das Doppelte von dem war, mit dem ich gerechnet hatte. Aber als ich mit dem Schläger als Paket verpackt schon am Postschalter stand, hab ich auf einmal gemerkt, dass ich ihn unmöglich hergeben kann, nicht für alle Euros dieser Welt.

»Was ist?«, hat der Mann hinter dem Schalter gefragt und schon ein bisschen ungeduldig die Augenbrauen hochgezogen, weil ich das Paket nicht auf die Waage gelegt hab, und als er danach greifen wollte, hab ich es nur noch fester mit meinen Armen umklammert.

»Entschuldigung«, hab ich gemurmelt, »ich muss erst noch mal reinschauen, ob auch alles drin ist«, und da hat mich der Postmann angeschaut, als hätte ich nach einer Briefmarke zum Mars gefragt.

Ich bin nach Hause gegangen und hab den Schläger einfach behalten, was mir ein paar ziemlich böse Mails von *fifo50* eingebracht hat und am Ende natürlich ein fettes Minus, das mir jetzt mein Profil versaut, aber was nicht geht, geht eben nicht, da kann mir einer zehnmal mit dem Rechtsanwalt drohen. Der Schläger hängt jetzt an der Wand über dem Bett, direkt neben der Barça-Fahne mit dem Messi-Autogramm, die ich Jo aus meiner Klasse vor zwei oder drei Monaten für ein paar Euro abgeluchst hab, als sie dringend Geld brauchte, und da hängt er, wie ich finde, ziemlich gut.

Ach ja, übrigens, ich heiße Tim, Tim Born, nur für den Fall, dass das mit diesem Ahab-Namen nicht lange hält, aber ich glaube, so schnell werde ich den nicht mehr los. Seit ein paar Tagen macht mich Remo auf dem Schulhof auch noch nach. Er hinkt und legt dabei

die Hand an die Stirn, als würde er übers Meer schau-
en, aber außer ihm findet das nur noch Karlo lustig,
und dass der den größten Schaden weit und breit hat,
weiß zum Glück jeder.

Mit Remo sieht die Sache ein bisschen anders aus.
Gut, er ist eine Pfeife in Mathe, sonst aber durchaus
auf der Höhe, zumindest, wenn er will, und früher
waren wir sogar mal miteinander befreundet. Schwer
zu sagen, warum wir es nicht mehr sind, auf einmal
jedenfalls war alles anders, und wenn ich ihn gefragt
habe, was los ist, ist er mir ausgewichen. Luca sagt,
dass Remo nicht damit klarkommt, dass seine Eltern
sich getrennt haben, aber was zum Teufel hat das mit
mir zu tun. Außerdem ist das Ganze jetzt schon vier
Jahre her, und in der Zeit danach haben wir noch jede
Menge miteinander gemacht. Hockey zum Beispiel,
auch wenn Remo nicht besonders gut war und meistens nur Auswechselspieler. Normalerweise sind wir
immer zusammen zum Training gefahren, aber das
eine Mal hat er mich nicht abgeholt, und so könnte
man sogar sagen, dass Remo schuld ist an meinem steifen Bein, aber das ist natürlich Quatsch. Dann könnte
ich ja gleich behaupten, mein Vater ist schuld, weil der
mich überhaupt erst auf die Idee mit dem Hockeyspie-
len gebracht hat, oder Luca, weil er mir das Buch zum
Geburtstag geschenkt hat, oder der Klingelhersteller,
weil er seine Klingeln so baut, dass man ein aufge-
schlagenes Buch drunterklemmen kann.

Übrigens weiß ich bis heute nicht, wie es ausge-

gangen ist. Als sie mich in den Krankenwagen gela-
den haben, hat keiner daran gedacht, es aufzuheben
und mitzunehmen. Mein Fahrrad schon, das steht total
verbogen im Keller, und wartet darauf, dass es endlich
einer auf den Schrott schmeißt. Das Buch aber ist ver-
schollen, und wenn es zufällig einer an sich genommen hat, dann soll er es mir bitte zurückbringen, mein
Name steht auf der ersten Seite, gleich oben links.

Darüber, dass Pythagoras kein
Süßwasserfisch ist und
Moby Dick nicht unter eine Klingel passt

Remo hängt ziemlich in der Scheiße. Erst am Dienstag hat er im Pausenhof eine Schlägerei angezettelt, von der später keiner mehr sagen konnte, worum es eigentlich gegangen ist. Zwei Stunden Nachsitzen hat er dafür kassiert, aber ich glaube, die Sache heute läuft nicht so billig für ihn ab. Sich mit ein paar Mitschülern im Hof zu prügeln, ist ja eine Sache, aber einen halb angefaulten Apfel nach seiner Lehrerin zu werfen, also so was gibt richtig Ärger. Luca sagt, dass das Widerstand gegen die Staatsgewalt ist, und auch wenn er mir mit seinem Juristengelaber so langsam auf die Nerven geht, hat er damit vielleicht sogar recht. Trotzdem bin ich ein bisschen auf Remos Seite. Auch wenn er hundertmal eine Fünf in Mathe schreibt, und auch wenn er tausendmal an der Tafel nichts auf die Reihe kriegt, einen Mathe-Krüppel muss ihn Frau Maar deshalb noch lange nicht nennen. Natürlich haben alle gelacht, alle außer mir, weil es ein paar Worte gibt, die ich einfach nicht mehr lustig finden kann. Aber als dann der Apfel nach vorne geflogen und zehn Zentimeter neben Frau Maar mit einem fiesen Schmatzen an der Tafel eingeschlagen ist, da war es im Klassenzimmer für einen Moment so still wie nicht einmal bei einer Klassenarbeit. Ich schätze mal, drei oder vier Sekunden, dann ist Ma-Maar rot angelaufen und hat angefangen zu brüllen, wie ich es noch nie erlebt habe. Dass sie sich so etwas nicht bieten lassen muss, schon gar nicht von einem Schüler wie Remo, der nicht einmal das kleine Einmaleins beherrscht und Pythagoras für einen südamerikanischen Süßwasserfisch hält, und dass sie dafür sorgen wird, dass er von der Schule fliegt, und noch ein paar Sachen mehr. Gut, das mit dem Fisch war ganz lustig, der Rest aber nicht, und es hat mich gewundert, wie ruhig Remo war, auch dann noch, als Ma-Maar an seinen Tisch kam, um ihn noch mal aus der Nähe anzubrüllen. Er saß da, als würde ihn das alles gar nichts angehen, und als es ihm zu laut geworden ist, hat er in aller Seelenruhe seinen iPod aus der Hosentasche gezogen und sich die Stöpsel ins Ohr gesteckt. Da ist Ma-Maar endgültig die Sicherung rausgeflogen, und sie ist aus dem Zimmer gerannt, aber bis sie mit Herrn Seidel, unserem Direktor, zurückgekommen ist, hatte Remo schon längst seine Sachen gepackt und war gegangen.

Seidel hat uns erst mal ein paar Sekunden lang streng angesehen und uns dann eine Standpauke gehalten, über Respekt und den Wert von Bildung und dass wir uns unserer Sache mal bloß nicht zu sicher sein sollen. Keine Ahnung, was er damit gemeint hat, wie ich sowieso nicht verstanden hab, warum er uns so einen Vortrag hält. Der, der den Apfel geworfen hat, ist ja gar nicht mehr da gewesen, und der Rest von uns hat mit der Sache doch überhaupt nichts zu tun gehabt.

»Das wird Folgen haben«, hat Seidel gesagt, »nicht nur für Remo«, und als ich im selben Moment zu Ma-Maar gesehen hab, lag ein zufriedenes Lächeln auf ihrem Gesicht. Aber dann hat sich Jo gemeldet, und mit dem Lächeln ist es ziemlich schnell auch wieder vorbei gewesen.

»Ich finde«, hat Jo zu Ma-Maar gesagt, »Sie sollten sich bei Remo entschuldigen.«

Jo ist für ihren Satz extra aufgestanden. Ihr Gesicht war ernst und sah irgendwie mutig aus, und für einen Moment war es wieder so still wie ein paar Minuten zuvor. Ich hab erst zu Ma-Maar geschaut, die gerade kurz davor war, ihre Fassung komplett zu verlieren, und dann zu Herrn Seidel, der offensichtlich gar nichts mehr kapiert hat. Mit offenem Mund hat er dagestanden und auf irgendwelche Erklärungen gewartet, und noch bevor Ma-Maar ihre Fassung wiederfinden konnte, hat Jo noch einen draufgesetzt.

»Frau Maar hat zu Remo Krüppel gesagt, und dafür soll sie sich bei ihm entschuldigen.«

Herr Seidel hat zu Ma-Maar gesehen, die schon wieder rot angelaufen ist, aber anstatt noch einmal loszuschreien, hat sie nur »So eine Frechheit, so eine bodenlose Frechheit« vor sich hin gemurmelt. Dann ist sie an Herrn Seidel vorbei zur Tür gestapft, und im nächsten Moment war sie auch schon verschwunden. Herr Seidel selbst hat noch immer ziemlich verwirrt und irgendwie überhaupt nicht wie ein Direktor ausgesehen. Genau habe ich es von meinem Platz in der dritten Reihe nicht erkennen können, aber ich glaube, er hat geschwitzt.

»Ruhe!«, hat er auf einmal ins Klassenzimmer geschrien, dabei hat überhaupt niemand etwas gesagt gehabt.

Dann hat er auf Jo gezeigt.

»Und du, du kommst mit!«

Seine Stimme hat geklungen, als hätte Jo etwas verbrochen, dabei hat sie ja nur die Wahrheit gesagt. Im Grunde genommen hat sie genau das gesagt, was ich gerne gesagt hätte, aber anders als ich hat Jo sich getraut, und irgendwie hab ich sie um ihren Auftritt beneidet.

»Ich glaube, das war's für Remo«, hat Luca nach der Schule gesagt, »zwei Sachen in einer Woche, das lassen sie ihm nicht durchgehen.«

»Und Jo«, hab ich ihn gefragt, »was, denkst du, passiert mit ihr?«

»Was sollen sie schon mit ihr machen? Sie hat ja nur gesagt, wie es gewesen ist, und schließlich erzählen sie uns doch andauernd, dass wir nicht lügen sollen.«

Wir sind zusammen zum Fahrradständer gegangen, wo Luca sein Rad immer an derselben Stelle an einen Pfeiler anschließt. Manchmal nimmt er mich ein Stück mit, wenn meine Mutter keine Zeit hat mich abzuholen, und auch wenn es ziemlich mühsam ist, das steife Bein ausgestreckt über der Straße zu halten, ist das

19

Gefühl, auf dem Gepäckträger den Schulberg runter-
zurollen, wenigstens ein bisschen so wie früher.

»Aber mutig war's schon«, hab ich gesagt und mich
im selben Moment geschämt, weil ich auf einmal an
die Barça-Fahne denken musste. Gerade mal fünf Euro
hab ich Jo damals dafür gezahlt, was schon nicht mehr
unter Schnäppchen, sondern unter Betrug läuft. Vielleicht, hab ich am Fahrradständer gedacht, kann ich ja
nachträglich noch ein bisschen was drauflegen, aber
so richtig gut kommt das nach drei Monaten bestimmt
auch nicht mehr. Wenn Jo eines nicht leiden kann,
dann sind das Schleimer, und wer den Ruf erst einmal
weg hat, der hat bei ihr nicht mehr viel zu lachen.

Jo spielt übrigens selbst Fußball, und die anderen
sagen, dass sie ziemlich gut ist. Einmal ist fast die ganze Klasse zu einem Spiel gegangen, aber das war auch
so ein Oma-Gerda-Wochenende, also eines, an dem
sie noch gelebt hat. Wie immer hat Oma Gerda an mir
rumgemeckert. Dass ich schon wieder die alten Jeans
anhabe und dass meine Haare dreckig sind und meine Fingernägel auch, das Übliche halt, und wie immer
hab ich auf Durchzug gestellt. Ich weiß gar nicht mehr,
warum wir bei ihr gewesen sind, nur noch, was es zum
Mittagessen gegeben hat, Heidelbeerpfannkuchen mit
Sirup, und die immerhin waren richtig gut, was Kochen
angeht, hat sie wirklich was draufgehabt. Moment mal,
warum erzähle ich hier eigentlich schon wieder von
Oma Gerda? Ach ja, weil ich das Fußballspiel verpasst
hab. Anscheinend kommt Oma Gerda immer dann ins

Spiel, wenn ich was verpasse, aber damit ist es ja jetzt, Gott sei Dank, vorbei, und von Oma Gerda erzähle ich ab sofort kein Wort mehr.

Jo hat das Spiel mit ihrer Mannschaft übrigens verloren, aber das, hat Luca erzählt, lag nur an der lausigen Torhüterin, die noch die harmlosesten Kullerbälle reingelassen hat. Jo jedenfalls hat alle ausgetrickst und aus allen Lagen geschossen, und wenn sie nicht zweimal Pech mit dem Pfosten gehabt hätte, wäre die Sache garantiert anders ausgegangen. Ein bisschen hat Luca beim Erzählen geklungen, als ob er verliebt wäre, und ich glaube, er ist es auch. Jedenfalls ist er seitdem noch ein paarmal zum Spiel gegangen, also allein, ganz ohne die anderen, und das macht man ja nicht einfach so. Er gibt es nicht zu, aber ich weiß es besser, da kann er mir viel erzählen. Luca sagt, dass ich ruhig mal mitkommen soll und dass er mich auch abholt mit dem Fahrrad und dass wir danach noch zu dritt Eis essen gehen oder ins Kino. Aber wie ich ihn kenne, schlägt er das nur vor, weil er sich allein nicht traut, nicht in die Eisdiele und schon gar nicht ins Kino, was Mädchen angeht, ist Luca ganz schön verklemmt.

Remos Apfel hat übrigens keiner aufgehoben, und wenn der Putztrupp nicht am Nachmittag durch die Klassenzimmer durchgegangen ist, liegt er Montag früh noch da. Mathe haben wir erst Mittwoch wieder, sodass Ma-Maar ein paar Tage Zeit hat, sich zu beruhigen. Bis dahin ist vielleicht auch klar, was mit Remo passiert.

»Von mir aus«, sagt Luca, »sollen sie ihn ruhig ab-
schießen, ich hab jedenfalls keine Lust mehr auf seine
miese Laune.«

O. k., hab ich auch nicht, und darauf, dass er jedes
Mal Hinkebein spielt, wenn er mich sieht, erst recht
nicht, aber trotzdem fände ich es schade, wenn er nicht
mehr da wäre. Remo gehört irgendwie dazu, da kann
er tausendmal ein Arschloch sein, und mit Ma-Maar
wird er sich irgendwann schon wieder vertragen.

Übrigens ist heute noch eine zweite Sache passiert.
Luca hat mich nach der Schule bis zur Kirche mitgenommen, und von dort bin ich dann zu Fuß weiter.
Den Weg an den Läden vorbei, erst am Edeka, dann
am Blumengeschäft und an der Bäckerei und zuletzt
am Buchladen, und wie ich es oft tue, bin ich kurz stehen geblieben und hab mir die Bücher im Schaufenster
angesehen. Und da lag es, gleich vorne in der ersten
Reihe. Nicht mein Unfall-Buch, nein, *Moby Dick!* Auf
dem Umschlag war ein Ruderboot mit Männern drin
abgebildet und die riesige Schwanzflosse eines Wals,
der gerade am Abtauchen ist. Allerdings war der Wal
schwarz und nicht weiß, was nicht ganz zu Lucas Er-
zählung gepasst hat, aber ich hab mir nicht vorstellen
können, dass es zwei verschiedene Wal-Geschichten
gibt, die beide so einen bescheuerten Namen wie
Moby Dick haben. Ich bin rein und hab Frau Jansen,
die Buchhändlerin, gefragt, ob das Buch im Schaufenster das Buch zum Film ist, und da hat sie gelacht und

gesagt, dass das irgendwie schon stimmt, irgendwie aber auch nicht, und dass *Moby Dick* eines der berühmtesten Bücher ist, die je in Amerika erschienen sind.

»1851«, hat sie gesagt, »ich denke nicht, dass es da schon Filme gab, oder?«

Verdammt, schlechter Auftritt. Umso mehr, weil Frau Jansen bisher immer so getan hat, als wäre ich einer ihrer Spezialkunden, einer, der sich mit Büchern auskennt.

»Nein«, hab ich ein bisschen kleinlaut gesagt, »ich glaube nicht.«

Frau Jansen ist zum Regal gegangen und hat mir das Buch in die Hand gedrückt, ein ziemlicher Schmöker, viel zu dick, als dass man jemals auf die Idee kommen könnte, ihn unter eine Fahrradklingel zu quetschen.

»Es gibt auch eine Jugendausgabe«, hat sie gesagt, »die hat nur halb so viele Seiten.«

Ich hab genickt, nein, den Kopf geschüttelt, oder vielleicht auch beides, egal, jedenfalls hab ich »Wenn schon, denn schon« oder so einen Blödsinn gesagt, und dass ich schon lieber das Original lesen möchte, was gleich der nächste Blödsinn war, weil das Original ja auf Englisch ist. Aber Frau Jansen hat mich schon verstanden und ist mit mir zur Kasse gegangen, und obwohl mir zwei Euro gefehlt haben, hat sie mir das Buch trotzdem mitgegeben.

»Der Rest ist geschenkt«, hat sie gesagt, »aber sag mir, wie es dir gefallen hat.«

»Ja, klar, mach ich«, hab ich geantwortet, und als ich vor der Tür war, hab ich gleich angefangen zu lesen. Erst im Stehen, dann auch im Gehen, so lange, bis mich ein Auto wachgehupt hat, das gerade in den Hof vom Gemeindehaus einbiegen wollte. Vor lauter Schreck wäre mir um ein Haar das Buch aus der Hand gefallen, und im selben Moment hab ich wieder alle Bilder im Kopf gehabt: ich auf dem Fahrrad, ich auf der Straße, ich im Krankenhaus, die Blicke meiner Eltern, der Ärzte, das ganze scheiß Weiß um mich herum und am Ende ein Kopfschütteln und eine Stimme, die sagt: »Ich glaube, so ganz bekommen wir das nicht mehr hin.« Auch der Autofahrer hat den Kopf geschüttelt, und erst da hab ich gesehen, dass es mein Vater war. Ein paar Meter weiter hat er angehalten und ist ausgestiegen, und drei Sekunden später hab ich seine Arme um meinen Körper gespürt, wie sie mich gehalten und meinen Rücken gestreichelt haben, und im nächsten Moment hat er auch schon angefangen zu weinen.

»Das darfst du nicht«, hat er irgendwann mit zittriger Stimme in mein Ohr geflüstert, »hörst du, das darfst du nicht!«, da hab ich ein bisschen mitgeweint, und als wir mit dem Weinen fertig waren, sind wir zusammen nach Hause gefahren.

Jetzt ist es Abend, und der Schreck steckt mir immer noch ganz schön in den Knochen. Meinem Vater, glaube ich, auch, jedenfalls ist er den Rest des Tages ziemlich still gewesen, und das ist er immer dann, wenn es ihm nicht gut geht. So still, dass er noch nicht einmal meiner Mutter was davon erzählt hat, jedenfalls hat sie mich nicht drauf angesprochen, und das hätte sie, garantiert!

Ich liege auf dem Bett und lese. Aber statt um Käpt'n Ahab geht es um einen Ismael, der durch die Kneipen einer Hafenstadt zieht, die New Bedford heißt, und möglichst bald ein Schiff nach Nantucket nehmen will, um dort auf einem Walfänger anzuheuern. Eigentlich ist dieser Ismael gar kein Seefahrer, sondern ein Landschulmeister, was vermutlich bedeutet, dass er Lehrer oder vielleicht sogar Direktor ist, aber alle paar Jahre juckt's ihn so, dass er wieder raus aufs Meer muss.

Ein bisschen enttäuscht bin ich schon, dass das Buch nicht gleich mit Käpt'n Ahab anfängt, und wie es aussieht, muss ich noch eine ganze Weile auf ihn warten, im Inhaltsverzeichnis taucht er jedenfalls zum ersten Mal in Kapitel 28 auf. Übrigens kommen ziemlich viele altmodische Wörter in dem Buch vor, schon gleich im ersten Satz. »Nennt mich meinethalben Ismael«, heißt es da, aber vielleicht ist das so, weil Ismael eigentlich Lehrer ist, und was die manchmal so zusammenquatschen, weiß man ja. Da fällt mir auf: Wenn dieser Ismael die Geschichte erzählt, dann war er ja bestimmt dabei bei der Jagd auf Moby Dick, und also ist doch nicht die komplette Mannschaft mit dem Käpt'n abgesoffen, wie Luca erzählt hat, sonst könnte ja keiner mehr von der Sache berichten. Egal, auf alle Fälle bin ich jetzt schon bei KAPITEL 3 – IM GASTHAUS »ZUM WAL-

25

FISCH«, was lustig ist, weil das Lokal, in dem wir nach der Beerdigung von Oma Gerda gesessen haben, auch *Walfisch* hieß. Oh nein, schon wieder Oma Gerda! Dabei wollte ich doch kein Wort mehr über sie verlieren. Aber wenn ich schon dabei bin, das eine noch: Ich hab im *Walfisch* ein Jägerschnitzel bestellt, mit Pommes und Salat, und als es endlich gekommen ist, da war es halb kalt und hat geschmeckt, als ob das Schwein an Altersschwäche gestorben wäre. Das Fleisch jedenfalls war zäh wie Gummi, und die Pommes waren nicht besser, und so ist das Letzte, was ich von Oma Gerda in Erinnerung habe, ein grauenhaftes Essen, und immerhin das, finde ich, hat sie nicht verdient.

Herr Behrens malt Häuschen
und zählt auf mich

Montagmorgen in der Schule: Remo nicht da, Jo nicht da, Ma-Maar nicht da! Gut, das mit Remo hat man sich ja denken können, und gleich in der ersten Stunde haben wir erfahren, dass er zwei Wochen Schulverbot hat. Aber Jo und Ma-Maar? Dass Ma-Maar fehlt, hab ich von Jean-Paul aus der Parallelklasse gehört, die statt Mathe heute früh zwei Stunden Englisch bei Herrn Behrens gehabt haben. Jean-Paul hat nicht richtig aufgepasst, aber er glaubt, dass Behrens was von Grippe erzählt hat. Grippe, schöner Witz! Wahrscheinlich hat Ma-Maar einen Psycho-Kollaps, aber davon darf man den Schülern natürlich mal wieder nichts erzählen. Von Jo hatte keiner was gehört. Luca war auf einmal der Meinung, dass sie doch was auf den Deckel bekommen hat, und er hat gesagt, dass er am Nachmittag gleich mal bei ihr anruft, aber hundert Euro, dass er das nicht tut.

Von Remo selbst hat keiner Neuigkeiten gehabt, sieht man mal von Jana ab, die ihn am Samstagmorgen um halb zehn in der Stadt gesehen hat. Angeblich ist er wie immer gewesen, ein bisschen müde vielleicht, hat Jana gesagt, aber wer ist das nicht am Samstagmorgen um halb zehn. Nur komisch, dass Remo überhaupt so früh unterwegs war, morgens ist mit ihm normalerweise nämlich nicht viel anzufangen. In der Schule haben es die Lehrer schon langsam aufgegeben, ihn in den ersten beiden Stunden auch nur anzusprechen, und wenn wir gleich in der Früh eine Arbeit schreiben, geht das für Remo regelmäßig in die Hose. Früher, als wir noch befreundet gewesen sind, war das anders. Da ist Remo am Sonntag manchmal schon um halb neun bei mir auf der Matte gestanden, um mich abzuholen, zum Fahrradfahren oder ein bisschen Hockey trainieren oder sonst was, aber eben, das war früher, und früher war alles anders.

Im Normalfall ist der Montag eigentlich ganz erträglich: erste Stunde Bio bei Herrn Engler, zweite Geschichte bei Frau Grosse, drei und vier Französisch bei Behrens und dann Sport bei Feldmarschall Brückner, was mit anderen Worten bedeutet, dass ich nach der vierten Stunde frei habe. In der ersten Zeit nach meinem Unfall hab ich noch am Sportunterricht teilnehmen müssen und den Aufpasser von Brückner spielen oder Hilfestellung beim Geräteturnen geben oder einfach nur blöd rumsitzen. »Integrativmaßnahme« hat Seidel das genannt, was einfach ein anderes Wort für Schwachsinn ist. Mit einem steifen Bein kann man nun mal keinen Sport machen und den anderen dabei zuzusehen, wie sie durch die Halle rennen oder wie Affen an den Kletterseilen rumturnen, ist nun auch nicht gerade der Traum, schon gar nicht, wenn man früher mal zu den Besten gehört hat. Irgendwann haben sie ein Einsehen gehabt und mich vom Sport befreit, und jetzt hab ich eben zwei Stunden weniger Unterricht als die anderen, aber ich glaube, mit mir tauschen will trotzdem niemand.

Dumm auch, dass mit dem Knie meine einzige sichere Eins im Zeugnis futsch gegangen ist. Eine Weile haben meine Eltern beim Zeugnisgeld noch so getan, als würde an der Stelle, wo jetzt einfach nur noch ein Strich ist, die gewohnte Note stehen, und ohne jeden Kommentar haben sie mir einfach fünf Euro mehr gegeben. So lange, bis ich gesagt habe, dass sie aufhören sollen damit. Auch eine Eins in Sport muss man sich erst mal verdienen, aus Mitleid jedenfalls will ich keinen Cent, und wenn mir meine Eltern was Gutes tun wollen, dann sollen sie mir lieber das Taschengeld aufstocken.

Aber eigentlich wollte ich ja gar nicht von Sport erzählen, sondern von Französisch, also von Französisch heute früh. Wir sind schon fertig gewesen, und die Hälfte der Klasse war längst aus der Tür, da ist Herr Behrens noch mal an meinen Platz gekommen und hat mir neben mein Arbeitsblatt ein zweites auf den Tisch gelegt.

»Ich weiß«, hat er gesagt, »ihr beiden seid nicht gerade die dicksten Freunde, aber ich möchte nicht, dass Remo den Anschluss verliert.«

Eigentlich mag ich Herrn Behrens, aber wie er da vor mir gestanden hat, mit seinem runden Kopf und dem ausgefransten Schnauzbart, an dem er immer mit seiner nassen Unterlippe rumsabbert, da ist mir auf einmal nicht mehr eingefallen warum.

»Ich muss nach Hause«, hab ich gelogen, »und außerdem weiß ich ja gar nicht, wo Remo wohnt«, aber mit so was kommt man bei Herrn Behrens nicht durch.

»Oh doch, das weißt du«, hat er prompt geantwortet, »und es ist noch nicht einmal ein Umweg für dich.«

Herr Behrens hat eins der Arbeitsblätter umgedreht und mit ein paar Strichen die Straßen der Siedlung draufgekritzelt. Dann hat er zwei alberne Häuschen eingezeichnet und an das eine ein R und an das andere ein T gemalt.

»Nur zur Gedankenauffrischung, ich denke, das findest du.«

Keine Ahnung warum, aber Herr Behrens weiß einfach alles von seinen Schülern, die Häuschen jedenfalls waren ziemlich genau an den richtigen Stellen eingezeichnet. Trotzdem hab ich nicht einsehen wollen, warum ausgerechnet ich den Französischboten für Remo spielen soll.

»Ich muss«, hab ich noch einmal angefangen, aber Herr Behrens hat mich gar nicht mehr ausreden lassen.

»Ich zähl auf dich«, hat er gesagt und mir kurz die Hand auf die Schulter gelegt, dann hat er sich umgedreht und ist aus dem Klassenzimmer gegangen.

Eine Weile bin ich noch sitzen geblieben und hab auf seine bescheuerten Häuschen gestarrt. Dann hab ich meine Sachen zusammengepackt und bin den anderen hinterher auf den Pausenhof, aber die meisten

waren von dort längst schon weiter zur Turnhalle gegangen. Aus der Ferne hab ich ein paar von ihnen vor
der Tür zur Umkleide mit einer Cola-Dose Fußball spielen sehen, und wenn ich es mir recht überlege, dann
ist der Montag doch kein halbwegs erträglicher Tag.
Lange hab ich jedenfalls nicht zugesehen und mich
stattdessen auf den Weg gemacht, aber weit bin ich
nicht gekommen. Noch vor der Rechtskurve unten am
Schulberg, in die man sich mit dem Fahrrad so schön
reinlegen kann, ist mir meine Mutter mit dem Auto
entgegengekommen und hat mich eingeladen. Ich
glaube, sie hat gleich gemerkt, dass ich miese Laune
hab, jedenfalls hat sie nicht gefragt, wie es in der Schule war, was sie sonst immer als Erstes tut. Stattdessen
hat sie stumm den Wagen gewendet, und stumm sind
wir auch miteinander nach Hause gefahren, und erst
als wir schon an der Haustür waren, hat sie mich kurz
in den Arm genommen, und ich war froh, dass sie auch
dabei geschwiegen hat.

Zu Remo bin ich erst nach dem Mittagessen gegangen. Um genau zu sein, war es ziemlich lange nach
dem Mittagessen, eher schon kurz vor dem Abendbrot,
draußen jedenfalls ist es längst dunkel gewesen.

»Ich muss noch kurz bei Remo vorbei«, hab ich ins
Wohnzimmer gerufen, wo mein Vater mit einem Stapel
Bücher auf dem Boden gesessen hat.

Er hat kurz aufgesehen und mir zugenickt, aber statt
einem »Wieso zu Remo?« oder »Seid ihr wieder be-

freundet?«, mit dem ich eigentlich gerechnet hatte, hat
er nur leise »Komm nicht zu spät!« und »Pass auf dich
auf!« vor sich hin gemurmelt. Wenn er in seine Bücher
vertieft ist, dann liegt alles um ihn herum in dichtem
Nebel, darin sind wir uns ähnlich.

Remo wohnt keine zweihundert Meter von uns entfernt in einem Haus, das für ihn und seinen Vater viel
zu groß ist. Eigentlich war es das schon, als seine Mutter noch bei ihnen gewohnt hat, und seitdem sie weg
ist, hat Remo ein ganzes Stockwerk für sich allein. Sein
Vater ist Arzt und hat seine Praxis gar nicht weit von
der Schule. Früher, als ich noch mit Remo befreundet
gewesen bin, hat er mich immer Timmy genannt, aber
als ich im letzten Jahr bei ihm in der Sprechstunde war,
weil ich mir bei einem Sturz im Schulhof die Stirn blutig
geschlagen hatte, hat er mich gar nicht wiedererkannt.
Warum Remos Mutter gegangen ist, weiß ich bis heute nicht. Vielleicht wegen einem anderen Mann, aber
erzählt hat Remo nie davon. Das Einzige, was ich von
ihm erfahren habe, ist, dass sie jetzt in Südfrankreich
lebt, in einer kleinen Stadt am Meer, und dass er sie da
jederzeit in den Ferien besuchen kann, aber ich glaube, bis heute war er kein Einziges Mal dort.

Ein bisschen mulmig ist mir schon gewesen, zu
Remo zu gehen. Vielleicht war er inzwischen richtig
scheiße drauf, also nicht nur mit Apfel werfen und so,
jeder Amokläufer fängt schließlich mal klein an. Und
überhaupt: Wenn Remo tatsächlich zwei Wochen nicht
in die Schule darf, dann ist es doch wohl sein Ding,

wie er an den fehlenden Stoff herankommt, ganz egal wie gerecht oder ungerecht sein Rausschmiss am Ende auch sein mag. Ich geb zu, ein bisschen hab ich gehofft, dass niemand da ist. Dann hätte ich das Arbeitsblatt einfach in den Briefkasten stecken können und ab zurück nach Hause, aber schon als ich in seine Straße eingebogen bin, hab ich aus der Ferne gesehen, dass oben bei Remo Licht brennt. Gut, das mit dem Briefkasten hätte ich natürlich trotzdem machen können, schließlich hat Herr Behrens ja nicht gesagt, dass ich Remo das Blatt persönlich aushändigen muss. Aber als ich schließlich vor der Tür gestanden und die Klappe vom Briefschlitz schon leise angehoben hab, da bin ich mir auf einmal ziemlich feige vorgekommen. Schließlich ist Remo kein Monster, und was die Sache mit dem Apfel angeht, bin ich ja sogar auf seiner Seite. Also hab ich die Klappe vom Briefschlitz leise wieder runtergeklappt und geklingelt und nach ein paar Sekunden noch einmal, aber im Haus ist alles still geblieben, und da ist mir nichts anderes übrig geblieben, als das Arbeitsblatt eben doch in den Briefkasten zu werfen.

Ich bin schon fast wieder am Gartentor gewesen, da hab ich in meinem Rücken auf einmal Remos Stimme gehört.

»Wer ist da?«, hat er gerufen, und als ich stehen geblieben bin und mich umgedreht hab, da hab ich genau im Licht der Straßenlaterne gestanden.

»Ahab, was machst du denn hier?«

Ich hab nach oben geschaut, also zu den erleuchteten Fenstern auf Remos Stockwerk, aber in keinem davon hab ich auch nur den kleinsten Zipfel von ihm erkennen können.

»Unterdeck, Käpt'n, Unterdeck!«, hat Remo gerufen und da endlich hab ich ihn gesehen. Er hing mit nacktem Oberkörper aus einem der dunklen Erdgeschossfenster heraus, und hat dabei so getan, als ob es völlig normal wäre, im Winter mit nacktem Oberkörper aus dem Fenster zu hängen.

»Ich hab dir was in den Briefkasten geworfen«, hab ich gesagt, »Arbeitsblatt von Behrens.«

Remo hat gelacht und sich am Fensterbrett hochgedrückt wie an einer Reckstange. Ein paarmal ist er mit seinem Oberkörper vor- und zurückgependelt, aber dann ist ihm die Kraft ausgegangen, und er hat sich wieder zurück ins Zimmer fallen lassen.

»Schönen Gruß, er kann mich zum Frühstück mal am Arsch lecken und die anderen gleich mit.«

Remo hat noch einmal gelacht, und dann war er plötzlich verschwunden. Ich bin ein paar Schritte aufs Fenster zugegangen, um irgendwas erkennen zu können, aber schon im nächsten Moment hat Remo das Licht im Zimmer angeknipst, und da hab ich gesehen, dass er nicht mehr als eine Unterhose angehabt hat.

»Ma-Maar«, hab ich gesagt, »war heute auch nicht da. Angeblich hat sie Grippe, aber ich glaube, es ist wegen dir.«

»Ja, klar«, hat Remo geantwortet, »und wenn morgen der Chemiesaal abfackelt, ist es auch wegen mir.

Alles ist wegen mir, Ozonloch, Erdbeben, Hühnergrippe, pass nur auf, dass du hier heil wieder wegkommst.«

Ich hab gedacht, dass Remo gleich noch einmal zu lachen anfängt, aber stattdessen ist er plötzlich ganz ernst gewesen und hat ausgesehen, als ob er gerade über was Wichtiges nachdenkt. Vielleicht über das Ozonloch, über so was macht sich Remo nämlich tatsächlich Gedanken. Zumindest hat er sich früher über so was Gedanken gemacht, aber vielleicht ist es damit genauso vorbei wie mit unserer Freundschaft. Ein bisschen abwesend hat Remo schließlich nach einer Wolldecke gegriffen und sie sich umständlich über die Schultern gelegt.

»Und sonst, Käpt'n, irgendwas Neues? Wegen Hausaufgaben kommst du hier doch nicht extra vorbeigehinkt.«

Remo hat im Zimmer ein paar seiner Ahab-Schritte vom Schulhof gemacht, und irgendwie hab ich in dem Moment endgültig genug von ihm gehabt.

»Doch«, hab ich geantwortet, »komm ich, und jetzt hinke ich wieder nach Hause.«

Damit hab ich mich umgedreht und bin davongegangen, und als Remo mir noch was hinterhergerufen hat, hab ich einfach nicht mehr hingehört. Das heißt, irgendwas wie »warte« hab ich noch verstanden, aber da bin ich schon längst wieder auf der Straße gewesen. Von mir aus kann Remo sitzen bleiben oder für immer von der Schule fliegen oder sich bei seinen Turnereien am Fenster eine Lungenentzündung holen und daran

sterben, ich jedenfalls werde ihm keine Träne nach-
weinen.

Als ich zurück nach Hause gekommen bin, haben meine Eltern schon mit dem Essen auf mich gewartet, aber
irgendwie hab ich gar keinen Hunger gehabt. Ich hab
so lange in meinem Kartoffelsalat rumgematscht, bis
mich meine Mutter in mein Zimmer geschickt hat, und
da lieg ich jetzt auf meinem Bett und lese ein bisschen
Moby Dick. So richtig auf dem Schiff ist dieser Ismael
noch immer nicht, aber wenigstens hat er schon mal
angeheuert, was wohl bedeutet, dass es jetzt bald losgeht. Ach ja, und einen neuen Freund hat er, einen Wil-
den, der überall am Körper tätowiert ist und ziemlich
komische Sachen macht, und weil er Walfänger ist, hat
er immer seine Harpune dabei. Die beiden haben sich
im Gasthaus ein Doppelbett teilen müssen, weil es keine freien Zimmer mehr gegeben hat, und Ismael hätte
sich vor Schiss fast in die Hose gemacht. Aber dann hat
er gemerkt, dass der Wilde gar nicht so wild ist, zumindest nicht zu ihm, und am nächsten Morgen sind sie
dann schon Freunde gewesen. Komisch, wie schnell
das manchmal geht, und noch viel komischer, wie
schnell so was auch wieder vorbei sein kann. Ach ja,
Quiqueg heißt der Wilde, aber ich glaube, das schreibe
ich nur, damit ich nicht an Remo denken muss.

Herr Seidel brüllt ins Megafon
und Remo ist ziemlich außer Atem

Jo ist wieder da. Sie hat am Montag nur gefehlt, weil sie fiese Zahnschmerzen gehabt hat, so fies, dass sie noch immer eine dicke Backe hat.

»Halb so schlimm«, hat sie gesagt und mit dem Daumen ihre Oberlippe hochgeklappt, bis auch der Letzte ihre Lücke in den Backenzähnen gesehen hat, und als sie auch noch angefangen hat, mit dem Finger drin rumzubohren, hab ich mich lieber weggedreht.

Luca hat gestern übrigens nicht bei ihr angerufen, um zu hören, was mit ihr los ist, aber daran hat er wahrscheinlich selbst nicht so richtig geglaubt.

»War mutig von dir«, hat er immerhin in der ersten Pause zu Jo gesagt, aber sie hat nur abgewunken und gemeint, dass Mut was ganz anderes ist, mit Gefahr und so, und dass sie eh gar nicht drüber nachgedacht hat und einfach aufgestanden ist, weil sie noch nie die Klappe hat halten können.

»Wenn einer mutig gewesen ist«, hat Jo gesagt, »dann Remo«, und keine Ahnung warum, aber ich hab zu ihren Worten genickt.

In der zweiten Stunde haben wir Deutsch bei Herrn Behrens gehabt. Zum Glück gab's kein Arbeitsblatt und auch sonst nichts, was er mir für Remo hätte mit-

37

geben können. Eigentlich haben wir die ganze Zeit nur über das nächste Buch gesprochen, das wir im Unterricht lesen wollen, und mich extra zu Remo zu schicken, um seine Meinung dazu einzuholen, ist wohl auch Herrn Behrens ein bisschen bescheuert vorgekommen. Sowieso laufen solche Diskussionen mit ihm immer so ab, dass wir Vorschläge machen dürfen, und am Ende nehmen wir dann doch das, was er lesen will, egal wie viele für ein anderes Buch gestimmt haben, aber davon, dass das verdammt nach Diktatur stinkt, will er nichts wissen.

»Ihr habt euch ja nicht einig werden können«, sagt Herr Behrens dann, »und in dem Fall muss eben ich entscheiden.«

So ähnlich hat er es auch dieses Mal gesagt, und ich hab sofort zu Jo rübergeschaut, weil ich gedacht hab, sie steht vielleicht noch einmal auf, wegen Gerechtigkeit und so. Aber stattdessen hat sie ziemlich gelangweilt aus dem Fenster gesehen, als ob ihr das alles komplett egal wäre, und wahrscheinlich ist es das sogar, für Bücher hat sie sich jedenfalls noch nie besonders interessiert. Ach ja, ich hab übrigens auch einen Vorschlag gemacht, aber *Moby Dick* fand Herr Behrens zu dick und zu schwierig, und überhaupt würden für den Deutschunterricht nur deutsche Bücher infrage kommen, was ich einen ziemlichen Schwachsinn finde, weil es nur gute und schlechte Bücher gibt, und in welcher Sprache sie irgendwann mal geschrieben worden sind, ist ja wohl egal.

Jetzt lesen wir *Das Schiff Esperanza*, was immerhin auch ein bisschen nach Seefahrt klingt, aber so wie ich Herrn Behrens kenne, ist das wieder so ein Langweilerbuch, durch das man sich Seite für Seite durchquälen muss, ohne dass auch nur ein einziges Mal was Vernünftiges passiert. Esperanza, hat Herr Behrens gesagt, bedeutet Hoffnung, und ich glaube, der Autor hat das Buch nur deshalb so genannt, weil *Das Schiff Hoffnung* einfach noch langweiliger geklungen hätte. Die Titel, die mein Vater seinen Bücher gibt, sind übrigens auch ziemlich bescheuert, so bescheuert, dass es mich nicht wundert, dass keiner sie kaufen will. Sein letztes hieß *Stopp*, einfach nur *Stopp*, das nächste Mal, hat sein Verlag gesagt, lassen sie ihm so was nicht mehr durchgehen.

Nach Deutsch haben wir Reli gehabt, und Frau Weidner hat gerade was über die Liebe und den Himmel auf Erden erzählt und davon, dass es dabei immer auch Enttäuschungen geben kann, als es unten im Schulhaus einen Knall gegeben hat. Also einen richtigen, wie von einer Explosion oder so, und Frau Weidner hat sofort gerufen, dass wir an unseren Plätzen sitzen bleiben sollen, aber da sind die Ersten schon zum Fenster gerannt, und aus dem Getümmel habe ich Lucas Stimme gehört, der »Es brennt, das Schulhaus brennt!« gerufen hat. Natürlich bin ich auch gleich aufgestanden, aber weil ich wieder mal der Langsamste gewesen bin, hab ich nur die Rücken der anderen gesehen. Allerdings hab ich auch von hinten erkennen können, wohin alle geschaut haben, nach links unten zum Flachbau nämlich, zum Bio-Bunker, wie ihn Remo mal getauft hat, weil dort die Flure vollstehen mit exotischen Pflanzen, an denen Herr Engler irgendwelche Langzeit-Experimente durchführt, die angeblich nur deshalb nicht klappen, weil die Schüler immer an den Blättern rumgrapschen und so den Lebensrhythmus der Pflanzen stören.

Aber an Herrn Engler und seine Pflanzen hab ich gar nicht gedacht, sondern nur an Remos Worte von gestern Abend. Im Bio-Bunker ist nämlich auch der Chemiesaal untergebracht, ganz hinten, da, wo der Flur statt Fenster nur noch kleine Luken hat, und im selben Moment sind auch schon die Sirenen losgegangen. Wie beim Probealarm am Anfang des Schuljahrs haben wir uns alle im Schulhof versammelt, und als ich gesehen hab, dass der Rauch tatsächlich aus dem Chemiesaal kommt, ist es mir heiß den Rücken rauf und wieder runter gelaufen. Schließlich hat mir Remo das Ganze am Abend ja sozusagen angekündigt gehabt. »Wenn morgen der Chemiesaal abfackelt, ist's auch wegen mir«, seine Worte, und jetzt hat der Chemiesaal tatsächlich gebrannt, und in der Ferne hat man schon die Martinshörner der Feuerwehrautos gehört.

»Das wird teuer«, hat Luca gesagt, der auf einmal neben mir gestanden hat, und mir ist es auf der Stelle noch heißer geworden.

Kurz darauf ist die Feuerwehr auf den Schulhof eingebogen und ein Polizeiwagen hinterher, und Seidel hat mit einem Megafon herumgebrüllt, dass wir Platz machen sollen, auch dann noch, als längst keiner mehr im Weg gestanden hat und die Feuerwehrmänner schon die ersten Schläuche ausgerollt haben. Luca hat sich ein bisschen nach vorne gedrängelt und mir Zeichen gegeben nachzukommen, aber ich bin nicht besonders scharf darauf gewesen, auch noch Einzelheiten von Remos Feuerwerk zu sehen. Ein bisschen bin ich noch an meinem Platz stehen geblieben, dann hab ich mich umgedreht und bin zu den Bänken am Klettergerüst gegangen, und auf einmal hab ich eine Wahnsinnswut auf Remo bekommen. Einen Apfel nach Ma-Maar zu werfen, war ja irgendwie noch o. k., aber den Chemiesaal in Brand zu stecken und mich da mit reinzuziehen, also das war einfach nur scheiße. In Gedanken hab ich schon die Handschellen klicken gehört, als auf einmal Herr Engler bei den Bänken aufgetaucht ist. Alles an ihm hing herunter, seine Backen, seine Tränensäcke, die Unterlippe, sogar sein Doppelkinn sah irgendwie deprimiert aus. Die Pflanzen, seine Experimente, alles futsch, und auch wenn ich Herrn Engler nie besonders gemocht hab, hat er mir in dem Moment richtig leidgetan. So leid, dass ich sein Elend bald nicht mehr hab ansehen wollen und zurück zum Schulhaus gegangen bin, wo die Feuerwehr schon dabei gewesen ist, die Schläuche wieder einzurollen. Ich hab nach Luca gesucht, und als ich ihn endlich in der Menge gefunden hab, hat auch er irgendwie traurig ausgesehen.

»Da denkt man, es ist mal was los«, hat er gesagt, »und dann drehen die noch nicht mal das Wasser auf.«

»Kein Feuer?«

»Ist von allein ausgegangen. Qualmt nur noch ein bisschen.«

»So ein Scheiß«, hab ich erwidert und versucht, auch enttäuscht auszusehen, dabei ist mir in Wahrheit ein Felsklotz vom Herz gerutscht. Luca hat mich angesehen und verschwörerisch genickt.

»Glaubst du auch, was ich glaube?«

»Keine Ahnung«, hab ich mich blöd gestellt, »ich weiß ja nicht, was du glaubst.«

»Komm schon«, hat Luca geantwortet, »da muss man doch nur eins und eins zusammenzählen. Am Ende steckst du da auch mit drin. Du warst doch gestern noch bei ihm, oder?«

Mir ist schon wieder ganz heiß geworden, und ich hab versucht, mir unauffällig den Schweiß von der Stirn zu wischen, aber ich glaube, so richtig unauffällig hab ich's nicht hingekriegt. Luca hat jedenfalls gelacht und mir zweimal gegen die Brust geboxt, und auch, wenn er auf einmal wieder wirklich gute Laune gehabt hat, hab ich nicht so richtig mitlachen können.

»Nein, ich meine, doch«, hab ich gestottert, »aber nicht richtig, und außerdem hat er nichts gesagt.«

»Na ja«, hat Luca geantwortet, »wenn er es dir nicht angekündigt hat, kann er es natürlich auch nicht gewesen sein. So viel Ehrlichkeit unter Freunden muss schon sein.«

Dann hat er noch mal gelacht, und im selben Moment hat Seidel am Eingang in sein Megafon gebrüllt, dass alle zurück ins Schulhaus kommen sollen, und ein paar Minuten später sind wir schon wieder im Klassenzimmer gesessen und haben Ersten Weltkrieg bei Frau Grosse gemacht. Draußen hat man die Feuerwehrautos vom Hof fahren hören, und ich hab mir vorgestellt, dass Herr Engler unten im Bio-Bunker jetzt bestimmt gerade lächelnd den Ruß von seinen Pflanzen wischt, und es vielleicht auch sonst nur ein paar schwarze Wände gegeben hat, nichts, worüber man sich furchtbar aufregen muss. Aber als wir nach der Fünften ausgehabt haben und ich mit Luca zum Fahrradständer getrottet bin, haben immer noch zwei Polizeiautos auf dem Schulparkplatz gestanden, mit Türen zu und ohne Polizisten drin, und irgendwie haben die Autos so ausgesehen, als ob sie da so schnell nicht wieder wegfahren wollen.

»Jede Wette, dass sie bei Remo auch schon sind«, hat Luca gesagt und sein Rad aufgeschlossen, und ich hab genickt und mich auf seinen Gepäckträger gesetzt, und ohne ein weiteres Wort sind wir zusammen den Schulberg runtergerollt.

Das mit dem Brand hat sich bis zum Mittagessen schon bis zu meinen Eltern rumgesprochen gehabt, und mein Vater hat mir seinen Nachtisch spendiert, weil er froh war, dass mir nichts passiert ist. Ich glaube, er denkt, dass ich im Ernstfall einfach zu lahm bin, um mich in Sicherheit zu bringen, aber da soll er mal meinen Ehrgeiz nicht unterschätzen. Klar bin ich nicht der Schnellste, aber vielleicht ist es gar nicht so gut, bei den Ersten zu sein, weil ja ganz viele bei den Ersten sein wollen, wenn es brennt oder sonst was Schlimmes passiert, und am Ende zerquetschen sich die Schnellsten nur gegenseitig an der Tür oder trampeln sich tot, und ich bin fein raus, weil ich erst gar nicht ins Gedränge reinkomme.

»Übrigens«, hat meine Mutter auf einmal gesagt, »Remo hat vorhin angerufen.«

Ich hab gerade den letzten Löffel von meinem Schokopudding im Mund gehabt und hätte ihn vor Schreck um ein Haar gleich wieder ausgespuckt. Wir haben ja keinen Spiegel im Esszimmer, aber ich glaube, ich bin von einer Sekunde auf die nächste so blass gewesen wie Oma Gerda im Rosenbeet.

»Remo?«

»Ja, er hat gedacht, du bist schon zu Hause. Ich hab ihm gesagt, du rufst zurück.«

»Und was hat, ich meine, was wollte er?«

»Keine Ahnung«, hat meine Mutter geantwortet, »aber schön, dass ihr wieder ein bisschen was zusammen macht.«

»Nein«, hab ich sofort protestiert, »wir machen nichts zusammen, überhaupt nichts, kein bisschen machen wir zusammen, wir haben schon seit Ewigkeiten nichts mehr …«

»Schon gut«, ist mir meine Mutter ins Wort gefallen,

»ich hab's verstanden. Es wäre trotzdem nett, wenn du ihn später zurückrufst, ich glaube, er wartet drauf.«

Ohne noch was zu antworten, bin ich auf mein Zimmer gegangen und hab mich erst mal da verschanzt. Ich hab nicht die geringste Lust gehabt, bei Remo anzurufen, nicht nach gestern Abend und erst recht nicht nach heute früh. Stattdessen hab ich mich aufs Bett gelegt und ein bisschen *Moby Dick* gelesen, aber jedes Mal, wenn unten das Telefon geklingelt hat, bin ich zusammengezuckt und hab das Buch zur Seite gelegt, und wenn es nicht geklingelt hat, hab ich drauf gewartet, dass es klingelt, und mit dem Lesen ist es auch nichts gewesen. Später hat mir meine Mutter das Telefon gebracht und noch mal ein bisschen gedrängelt, aber als sie aus der Tür war, hab ich statt Remo lieber Luca angerufen und mich mit ihm in der Stadt verabredet.

»Drei Uhr«, hat Luca gesagt, »du glaubst nicht, was ich für Neuigkeiten hab.«

»Jetzt sag schon!«, hab ich gebettelt, aber Luca hat nichts rausgerückt.

Ich bin gleich los und eine Viertelstunde zu früh an unserem Treffpunkt auf den Stufen bei den Marktplatten gewesen, und während ich da gesessen und auf Luca gewartet hab, ist auf einmal Remo über den Platz gekommen. Er war zu Fuß und hat es ziemlich eilig gehabt, jedenfalls hat er zwischendrin immer wieder ein paar Laufschritte eingelegt und dabei auf die Uhr geschaut, wie ein Manager, der gleich einen wichtigen

45

Termin hat. Aber auf einmal ist er mitten aus einem seiner Laufschritte heraus stehen geblieben, und noch bevor ich mich hab umdrehen oder sonst wie verstecken können, hat er mich schon ins Visier genommen gehabt. Auf der Stelle hat mein Herz aufgehört zu schlagen, umso mehr, weil Remo nicht lange gefackelt hat und direkt auf mich zugekommen ist, und als er zehn Sekunden später neben mir auf den Stufen gesessen hat, da hab ich schon im Koma gelegen. Gut, ein bisschen was hab ich noch mitbekommen. Den Mann mit dem Akkordeon zum Beispiel, der immer am Brunnen steht und spielt und dazu wie ein Depp den Kopf vor und zurück ruckelt. Und die Blinklichter über der Wurstbude, die umgekippten Fahrräder ein paar Meter weiter, das Loch im Pflaster, aus dem ein Helm und eine Bauarbeiterweste herausgeguckt haben, alles eigentlich, auch Remo neben mir, vor allem Remo neben mir, der ganz rot im Gesicht gewesen ist und geschnauft hat wie ein Marathonläufer zehn Meter vor dem Ziel, und der auf einmal ganz leise »Tim« gesagt hat, so leise, dass ich es kaum hab hören können, »Tim, ich pack das nicht«.

Ich hab noch ein paar Sekunden gebraucht, bis ich wieder ganz wach gewesen bin, und irgendwie hab ich erst da so richtig kapiert, dass Remo mich auf einmal wieder Tim genannt hat.

»Du scheinst ja richtig in der Scheiße zu stecken«, hab ich geantwortet und Remo hat genickt und erst mal gar nichts mehr gesagt und stattdessen irgendeinen Zettel in tausend Schnipsel zerlegt. Seine Finger sind ganz zittrig gewesen und ein paar an der rechten Hand ganz rot, so, als ob er sie sich vor Kurzem verbrannt hätte. Dann hat er die Schnipsel vor sich auf die Stufen rieseln lassen und mit den Füßen zu einem kleinen Haufen zusammengeschoben, und als ich schon gar nicht mehr damit gerechnet hab, hat Remo den Kopf gehoben und mich angeschaut.

»Die denken, ich war das.«

»Der Chemiesaal?«

»Die Polizei will mit mir sprechen, aber ich geh da nicht hin.«

Remo hat zurück zu den Schnipseln auf der Stufe gesehen und hat sie mit den Füßen vor zur Kante geschoben, und auf einmal hat er angefangen zu heulen. Nicht richtig, also kein Mädchenflennen oder so, aber immerhin hat er sich mit den Ärmeln die Augen trocken reiben müssen und ein paar Sekunden später noch mal, und dann ist er plötzlich aufgestanden.

»Und, warst du's?«, hab ich gefragt.

Remo hat den Kopf geschüttelt und so ausgesehen, als ob das mit dem Heulen gleich wieder losgehen würde, ging's aber nicht, und stattdessen hat er auf einmal sogar kurz gelacht.

»Nein, aber wen interessiert das schon.«

Dann hat er ein dämliches Victory-Zeichen gemacht und ist in dieselbe Richtung davongegangen, aus der er gekommen ist, und auf Luca hab ich vergeblich gewartet. Irgendwann am Abend hat er angerufen und sich entschuldigt, und obwohl ich eigentlich gar nicht so richtig sauer gewesen bin, hab ich ziemlich beleidigt getan, so von wegen »unzuverlässig« und »nicht mal eine SMS«, auf alle Fälle hab ich jetzt was gut bei ihm.

Seine Neuigkeiten hat mir Luca trotzdem nicht verraten. »Morgen«, hat er gesagt, »in der Schule«, und weil ich die ganze Zeit daran denken muss, kann ich mich schon wieder nicht richtig auf mein Buch konzentrieren. Das heißt, in Wahrheit denke ich eigentlich an Remo und daran, dass er geheult hat, wo er doch behauptet, dass er das mit dem Chemiesaal nicht gewesen ist, also irgendwie ist mir das alles zu hoch. Gerade mal fünf Seiten hab ich einer Stunde geschafft, und was ich da gerade gelesen habe – keine Ahnung! Auf dem Schiff ist Ismael jedenfalls noch immer nicht und zuckelt nach wie vor durch die Straßen und die Kneipen, und wenn das so weitergeht, dann lese ich lieber *Das Schiff Esperanza*.

Jo spielt Flutlicht
und Luca Detektiv

Als ich am Morgen aufgewacht bin, hab ich gleich gemerkt, dass mein Bein rumspinnt. Das macht es manchmal seit dem Unfall, und Rumspinnen heißt, dass es dann so komisch kribbelt und sogar unterhalb vom Knie ein bisschen wehtut. Die Ärzte sagen, dass das nicht weiter schlimm ist, aber ob ich das schlimm finde, haben sie mich nie gefragt. Gut, finde ich auch nicht, nicht wirklich jedenfalls, aber komisch ist es schon, am Morgen mit so einem Kribbelbein aus dem Bett zu steigen. Ein bisschen fühlt es sich an wie eingeschlafen, nur dass ein eingeschlafenes Bein ja ziemlich schnell wieder aufwacht und dann eben nicht mehr kribbelt, ein Kribbelbein aber stundenlang kribbelt, wenn man Pech hat sogar den ganzen Tag, und das kann ziemlich auf die Nerven gehen. Die Ärzte sagen, dass das so eine Psycho-Sache ist und dass das mit Aufregung zu tun hat und wahrscheinlich mit der Zeit weniger wird, aber von weniger merke ich bisher noch nicht viel, und das mit der Aufregung ist natürlich der komplette Blödsinn. Jedenfalls war ich vor der letzten Geschichtsarbeit ziemlich aufgeregt und vor dem Besuch neulich bei Remo erst recht, und da hat nichts gekribbelt, kein bisschen, und dafür ist es vor ein paar Wochen auf einmal losgegangen, als ich zusammen mit Luca *Ice Age 4* gesehen hab, und dass *Ice Age 4* so aufregend ist, dass man davon ein Kribbelbein bekommt, also das glauben ziemlich sicher noch nicht einmal die Ärzte.

Gut, als ich heute Morgen aufgewacht bin, hab ich zuerst an Remo gedacht und an unsere Begegnung gestern in der Stadt und daran, dass Luca mir heute in der Schule endlich seine Neuigkeiten erzählen wollte, und das zusammen ist natürlich schon ganz schön aufregend gewesen. So aufregend, dass ich mich trotz Kribbelbein beeilt hab, aus dem Bett zu kommen, raus aus dem Bett und rein in die Kleider, und auch beim Frühstücken hab ich ganz schön aufs Tempo gedrückt.

»Jetzt schling halt nicht so«, hat meine Mutter gesagt, als ich mir mein Müsli reingestopft hab, »du hast es doch sonst nicht so eilig, in die Schule zu kommen.«

Ich hab kurz genickt und ein bisschen langsamer gemacht, gerade so viel, dass meine Mutter nicht mehr meckern konnte, und als ich fertig war, bin ich immerhin noch fünf Minuten früher dran gewesen als sonst.

»Luca braucht vor der Schule noch was von mir«, hab ich behauptet und mir meinen Rucksack geschnappt, und schon ein paar Sekunden später bin ich aus der Tür gewesen.

Blöd nur, dass das Laufen mit Kribbelbein noch schlechter geht als sonst, und als ich schließlich bei Luca vor der Tür gestanden und geklingelt hab, hat sein Vater seinen runden Kopf oben aus dem Badezimmerfenster gestreckt und gesagt, dass Luca schon weg ist.

50

»Beeil dich«, hat er mir noch hinterhergerufen, »sonst kommst du zu spät«, und obwohl ich Lucas Vater sonst eigentlich ganz in Ordnung finde, hätte ich ihm am liebsten ein paar von den Tannenzapfen, die vor dem Haus auf der Wiese herumliegen, an seinen Speckkopf geschmissen. Ich weiß wirklich nicht, warum mich immer alle Welt daran erinnern muss, dass ich nicht der Schnellste bin, gerade so, als ob ich das nicht selbst wüsste, dabei nehme ich es mit Lucas Vater und seinen fünfhundert Kilo noch mit Kribbelbein auf, da kann er aber Gift drauf nehmen. O. k., als ich an der Schule angekommen bin, hat es mir in der Tat gerade noch gereicht, um vor Herrn Behrens im Klassenzimmer zu sein, und auf Lucas Neuigkeiten hab ich weiter warten müssen. Das heißt, ich hab natürlich versucht, noch während der Stunde dranzukommen und hab ihm einen Zettel geschrieben, aber Luca hat mich weiter zappeln lassen, und es hat bis zur kleinen Pause gedauert, bis er es mir endlich verraten hat.

»Aber nur, wenn du es nicht weitererzählst«, hat er gesagt, »mit so was muss man nämlich vorsichtig sein.«

»Jetzt sag schon«, hab ich gebettelt, »die Stunde fängt gleich an.«

Luca hat kurz genickt und sich nach vorn gebeugt, so weit, dass ich seinen Atem an meiner Backe gespürt hab, und dann hat er »Die Polizei« geflüstert, und im nächsten Augenblick hat er seinen Kopf auch schon wieder zurückgezogen.

»Wie, die Polizei?«, hab ich geantwortet, und da hat

sich Luca sofort wieder nach vorne gebeugt, und noch leiser als zuvor gesagt: »Remo war's. Die Polizei hat ihn verhaftet.«

Auf der Stelle hat mein Bein noch mehr gekribbelt, und ich hab kurz an die Ärzte denken müssen und daran, dass sie mit der Psycho-Sache vielleicht doch recht haben.

»Und wie«, hab ich gefragt, »ich meine, wann haben sie ihn verhaftet?«

»Gestern schon, direkt nach der Schule, ich hab die Polizeiautos bei ihm zu Hause vor der Tür stehen sehen.«

»Und da denkst du gleich, sie haben ihn verhaftet?«

Luca hat kurz gelacht und dann den Kopf geschüttelt, so wie manchmal Ma-Maar, wenn einer an der Tafel steht und keinen Durchblick hat, oder wie Frau Weidner, wenn mal wieder niemand die Reli-Hausaufgaben gemacht hat.

»Klar haben sie ihn verhaftet, oder denkst du, die wollten nur Cola mit ihm trinken?«

»Keine Ahnung«, hab ich gesagt und mit den Schultern gezuckt, und im selben Augenblick hat es zur zweiten Stunde geklingelt. Luca hat mich angesehen und dabei noch mal einen auf wichtig gemacht, mit großen Augen und so, und schließlich sind wir ohne ein weiteres Wort zurück ins Klassenzimmer gegangen.

In der Zweiten haben wir Erdkunde bei Herrn Gebhard gehabt, und eigentlich mag ich Erdkunde bei Herrn Gebhard, aber ich bin nicht recht bei der Sache gewesen, und als er mich irgendwann aufgerufen hat, hab ich nicht den Hauch einer Ahnung gehabt, um was es gerade geht.

»Weiter angenehmes Schlafen«, hat er gesagt und die ganze Klasse hat gelacht, und als er schließlich Jana drangenommen hat und sie »Anfang der 60er-Jahre« gesagt und Herr Gebhard dazu genickt hat, bin ich auch nicht schlauer gewesen. Ich war immer noch bei Lucas Neuigkeit, und je länger ich drüber nachgedacht hab, umso klarer ist mir geworden, dass das eigentlich überhaupt keine Neuigkeit war. Vielleicht stimmte es, dass nach der Schule Polizeiautos bei Remo vor der Tür gestanden hatten, aber verhaftet haben sie ihn deshalb noch lange nicht. Oder wie hätte ich sonst um drei neben ihm auf den Stufen bei den Marktplatten sitzen können? Aber immerhin ist mir jetzt klar gewesen, warum Remo es so eilig hatte. Wahrscheinlich hat er sich aus dem Staub gemacht gehabt, als die Polizeiautos bei ihnen aufgetaucht sind, hinten über die Terrasse und dann ab in den Wald, und als die Polizisten schon zum zweiten oder dritten Mal auf die Klingel gedrückt haben, ist Remo längst über alle Berge gewesen. Aber wenn er wirklich auf der Flucht war und die Polizei hinter ihm her, musste ich dann nicht sagen, dass ich ihn gestern noch gesehen und sogar mit ihm gesprochen hatte? Vielleicht war ich ab jetzt nicht nur Mitwisser, sondern auch noch Fluchthelfer, und es war nur noch eine Frage der Zeit, bis die Polizeiautos auch bei uns vor der Tür stehen würden.

»Bist du Tim? Wir hätten da mal ein paar Fragen an dich. Du bist doch Tim, oder?«

So oder so ähnlich würde es klingen, und mir bliebe nichts anderes übrig, als »Ja« zu sagen, »ja, der bin ich«, und schon würden die Polizisten mit ihrem Verhör loslegen. Dabei ist es Remo doch gar nicht gewesen. Das hat er doch gesagt!

»So«, hab ich auf einmal Herrn Gebhards Stimme aus dem Nebel um mich herum vernommen, »wollen wir mal sehen, ob Herr Born in der Zwischenzeit wieder aufgewacht ist«, und im nächsten Moment hab ich auch schon seine Hand auf meiner Schulter gespürt, wie er es gerne macht, wenn er einem auf den Zahn fühlen will.

»Klar bin ich wach«, hab ich schnell gesagt, »Anfang der 60er-Jahre«, und da haben schon wieder alle gelacht.

»Sehr gut«, hat Herr Gebhard gesagt, »eine gute und richtige Antwort, zumindest auf die Frage, die ich vor fünf Minuten gestellt habe. Aber jetzt wollte ich wissen, wie die Erdbebenzone im Südwesten Deutschlands heißt, das weißt du doch sicher, oder?«

»Oberrheingraben«, hab ich wie aus der Pistole geschossen geantwortet, weil ich zu Hause so ein Deutschland-Katastrophen-Buch hab und mich mit so was auskenne, und obwohl Herr Gebhard getan hat, als ob er kein bisschen überrascht wäre, hab ich doch genau gesehen, dass er mit meiner Antwort nicht gerechnet hat.

»Sehr gut«, hat Herr Gebhard noch einmal gesagt und weiter nichts, und als er zurück zur Tafel gegangen ist und ein paar übrig gebliebene Französisch-Vokabeln von Herrn Behrens ausgewischt hat, hab ich plötzlich gemerkt, dass mein Kribbelbein nicht mehr kribbelt, und wenigstens darüber bin ich ein bisschen froh gewesen.

Nach Erdkunde haben wir Hofpause gehabt, und ich hab mich beeilt, vor Luca nach draußen zu kommen, aber auf halbem Weg hat er mich schon eingeholt gehabt.

»Hammer, oder?«, hat er mir zugeflüstert, und dazu gegrinst wie der Joker in Batman.

»Gar nicht Hammer«, hab ich geantwortet, »oder hast du etwa gesehen, dass die Polizei Remo mit Handschellen abgeführt hat?«

Luca hat seinen Arm um meine Schultern gelegt, aber schon nach ein paar Schritten hat er mich wieder losgelassen.

»Hab ich nicht, muss ich aber auch nicht. Remo war's, das ist doch sonnenklar, und wenn ich eins und eins zusammenzählen kann, dann kann es die Polizei auch.«

Ich bin kurz stehen geblieben, und auch Luca ist stehen geblieben, und irgendwie hat er sauer ausgesehen. Wahrscheinlich, weil ich ihm nicht auf der Stelle die goldene Detektivnadel mit Lorbeerkranz verliehen habe, aber dafür muss er schon ein bisschen mehr bieten.

»Weißt du, was ich glaube?«, hab ich gesagt. »Ich glaube, du willst einfach, dass es Remo war. Alle wollen, dass es Remo war, und weil alle es wollen, ist er es dann am Ende halt auch gewesen, und alle sind zufrieden.«

Luca hat kurz geschluckt, und einen Moment lang hat er so ausgesehen, als ob ihm nichts mehr einfällt, aber dann hat er angefangen, seine Juristenlabersprache auszupacken und mir was von »objektiver Wahrheitsfindung« zu erzählen und dass man dabei vor Freundschaften nicht haltmachen darf, weil man sonst nämlich sofort wegen Befangenheit aus dem Spiel ist, so Zeug halt, und da hab ich mich umgedreht und ihn einfach stehen lassen.

Nach der Schule bin ich gerade den Schulberg runtergegangen, als auf einmal Jo neben mir aufgetaucht ist. Eigentlich kommt Jo, wie alle anderen auch, immer mit dem Fahrrad in die Schule, aber von Fahrrad war weit und breit nichts zu sehen, und auch sonst war weit und breit von nichts etwas zu sehen, also von gar nichts, was heißt, dass Jo und ich sozusagen allein gewesen sind, allein zu zweit oder zu zweit allein, keine Ahnung, wie man das sagt. Ich hab gedacht, dass jetzt bestimmt gleich das Kribbelbein wieder anfängt, aber das Kribbelbein hat nicht wieder angefangen, obwohl es ganz bestimmt Grund genug dazu gehabt hätte, weil so allein mit Jo, das gibt es ja nicht oft, also eigentlich nie.

»Wenn du magst«, hat Jo gesagt, »dann lauf ich mit dir mit.«

»Ja«, habe ich geantwortet, »ja, also klar«, und mehr hab ich nicht rausgebracht, und schon die paar Worte sind ein ziemliches Gestotter gewesen, gerade so, als ob ich statt einem Kribbelbein jetzt eine Kribbelzunge gehabt hätte, und ein bisschen ist es sogar so gewesen.

»Wir ziehen vielleicht weg«, hat Jo gesagt, »aber erst im Sommer.«

»Hammer!«, hab ich geantwortet und noch im selben Moment gedacht, was für ein Schwachsinnswort, was für ein Schwachsinns-Luca-Wort, aber Jo hat sich nicht weiter dran gestört und sich sogar bei mir untergehakt, und da bin ich kurz aus dem Tritt gekommen, und es hat ein paar Schritte lang gedauert, bis wir wieder im selben Rhythmus gewesen sind.

»USA, ausgerechnet USA, wenn ich ein Land auf der Welt hasse, dann die USA.«

Jo hat mit ihrer freien Hand Pistole gemacht und auf irgendwas in der Ferne gezielt, wahrscheinlich auf die USA, und als sie abgezogen hat, hat sie ganz leise »Puff« gemacht. Dann hat sie eine ganze Weile gar nichts gemacht, und ich hab auch nichts gemacht, und wir sind einfach nur nebeneinander hergelaufen, und das war eigentlich ganz gut so.

»Ich hab heute ein Spiel«, hat Jo irgendwann gesagt, »kommst du? Alle waren schon mal da, nur du nicht.«

»Klar«, hab ich geantwortet, »klar, komm ich«, dabei ist mir in Wahrheit überhaupt nichts klar gewesen.

Ich meine, ich mag Jo, ich finde sie sogar richtig gut, aber so einfach zu einem Mädchenspiel gehen, ohne die anderen aus der Klasse, ohne *irgendeinen* anderen aus der Klasse, wenn man sonst eigentlich nie zu einem Fußballspiel geht, also das sieht schon ganz schön nach Verliebtsein aus, und ob ich in Jo verliebt bin, weiß ich nicht, nicht wirklich jedenfalls.

»Um sieben«, hat Jo gesagt, »wir spielen Flutlicht.«

Dann hat sie sich umgedreht und ist zurück in Richtung Schule gerannt, und erst da ist mir wieder eingefallen, dass Jos Nachhauseweg ja eigentlich ein ganz anderer ist als meiner.

Nach dem Mittagessen hab ich mich auf mein Bett gelegt und ein bisschen *Moby Dick* gelesen. Ismael und Quiqueg sind endlich auf der *Pequod*, dem Schiff von Ahab, aber der Käpt'n ist immer noch nicht aufgetaucht. Irgendwie ist er wohl krank, ich glaube er hat Bauchweh oder so was, jedenfalls hat ihn noch keiner gesehen, und das, obwohl das Schiff schon ausgelaufen ist. Dafür sind zwei andere Käpt'ns an Deck, denen das Schiff sogar gehört, also jedenfalls ein Teil davon, und die mit Ismael um seinen Lohn gefeilscht haben, was mich daran erinnert hat, wie ich manchmal mit meiner Mutter um mein Taschengeld feilsche, und genau wie ich bekommt auch Ismael am Ende viel zu wenig. Zwischendurch hab ich immer wieder auf die Uhr geguckt, um zu sehen, wie lange es noch bis sieben ist, und irgendwie hab ich das Gefühl gehabt, dass die Zeit schneller läuft als sonst. Meinen Eltern hab ich schon beim Mittagessen erzählt, dass ich am Abend zum Fußball gehen will, mit der ganzen Klasse, was natürlich gelogen war, aber ich hab keine Lust auf Fragereien gehabt, so von wegen Jo und mir und ob da was läuft, und selbst wenn ich »Nein« gesagt hätte, »nein, da läuft nichts, gar nichts«, hätten sie vermutlich immer noch nicht lockergelassen und den Rest des Mittagessens irgendwelche Anspielungen gemacht und sich zugezwinkert, die Spielchen kenne ich.

Jos Fußballverein ist im Westen, da wo auch die großen Einkaufsläden und die Baumärkte sind, und da, wo auch mein Hockeyverein ist. Seit meinem Unfall bin ich nicht oft dort draußen gewesen, und wenn meine Eltern mich zum Einkaufen mitnehmen wollen, finde ich immer eine Ausrede, und so langsam haben sie es, glaube ich, kapiert.

Irgendwie ist mir ganz schön mulmig zumute gewesen, als ich kurz nach sechs runtergegangen bin, mulmig wegen Hockey und noch mehr wegen Jo, und ich hab mir gerade meine Jacke angezogen, als im Wohnzimmer auf einmal das Telefon geklingelt hat.

»Für dich«, hat mein Vater gesagt, als würde er schon am Klingeln hören, wer dran ist, aber in Wahrheit telefoniert er einfach nicht besonders gern. Außerdem hat er gerade einen Stapel Blätter auf dem Schoß gehabt, sein neuer Roman, an dem er schon zwei Jahre lang schreibt und der angeblich bald fertig ist, aber so, wie er da mit Rot drin rumgekritzelt hat, braucht er bestimmt noch mal zwei Jahre, und kaufen tut das Buch wahrscheinlich trotzdem wieder keiner.

»Hab schon Schuhe an«, hab ich von der Tür zurückgerufen und gehört, wie mein Vater sich knurrend vom Sofa hochdrückt und auch, wie er das Telefon von der Kommode nimmt und »Ja, Born« hineingrummelt. Dann ist es einen kurzen Moment lang still gewesen, so lange, bis er »Für dich« in den Flur gebrüllt hat und dann noch: »Hab ich's doch gewusst«, und bis ich die Schuhe wieder ausgezogen gehabt hab und ins Wohnzimmer gegangen bin, hat er schon längst wieder über seinen Kritzeleien auf dem Sofa gesessen.

»Ja?«, hab ich in den Hörer gesagt, aber auf der anderen Seite ist nur ein komisches Schnaufen zu hören gewesen, als ob einer mit seinem Kopf in einem Eimer steckt und ziemlich schlecht Luft bekommt.

»Wer ist da?«, hab ich noch einmal gefragt, und als wieder keine Antwort gekommen ist, hab ich es auf einmal gewusst, keine Ahnung warum.

»Remo?«, hab ich gefragt, und da hat immerhin schon mal das Eimer-Schnaufen aufgehört, aber bis er sich schließlich am anderen Ende gemeldet hat, sind noch mal ein paar Sekunden vergangen.

»Kannst du kommen?«

Remos Stimme ist ganz leise gewesen und hat irgendwie zittrig geklungen, so nach Angst oder schlechter Laune. Nein, eher traurig oder verzweifelt.

»Was ist denn?«, hab ich gefragt. »Ich bin gerade auf dem Weg zum Fußball, Jo spielt Flutlicht.«

Dann ist es wieder still in der Leitung gewesen. Remo hat nichts gesagt, und ich hab auch nichts gesagt, und als ich schon gedacht hab, dass er aufgelegt hat, hab ich doch noch mal seine Stimme gehört. Ein bisschen lauter als vorher, aber immer noch genauso zittrig.

»Bitte, Tim, bitte!«, und da hab ich gewusst, dass es wirklich dringend ist.

Remos Vater liegt auf dem Sofa und stinkt fürchterlich

Keine Ahnung, ob ich mir jetzt bei Jo alles vermasselt hab. Immerhin war das mit dem Fußballspiel fast so was wie ein Date, und wenn nicht, dann war es immer noch eine Verabredung, und wenn man zu einer Verabredung nicht kommt und noch nicht einmal absagt, dann ist das jedenfalls nicht besonders nett. Schon gleich, wenn man am nächsten Tag keine Entschuldigung hat, die nach was klingt, und irgendwas erfinden will ich auch nicht, nicht bei Jo, und so hab ich's in ihren Augen vermutlich tatsächlich vermasselt. Dabei hätte ich schon eine Entschuldigung, eine ziemlich gute sogar, eine, bei der mir Jo alles verzeihen würde und vielleicht sogar ein bisschen stolz auf mich wäre, aber was hilft einem die beste Entschuldigung, wenn man sie nicht erzählen darf, weil man einem Freund versprochen hat, dass man dichthält. Gut, das mit dem Freund nehme ich zurück, zumindest solange ich nicht weiß, ob Remo und ich überhaupt wieder Freunde sein wollen, aber trotzdem, versprochen ist versprochen, da gibt es nichts dran zu rütteln, noch nicht einmal dann, wenn Remo ab morgen wieder Mister Arschloch spielt.

»Viel Spaß beim Fußball«, hat mir mein Vater noch hinterhergerufen, als ich nach Remos Anruf aus der

Tür gegangen bin, und ich hab ihn in seinem Glauben gelassen, weil sonst alles noch komplizierter geworden wäre.

Anders als beim letzten Mal, hat Remos Haus komplett dunkel dagelegen, als ich in seine Straße eingebogen bin. Kein einziges Zimmer ist erleuchtet gewesen, und noch nicht einmal die Laterne vor dem Haus hat gebrannt, und als ich schließlich von der Straße zum Eingang gegangen bin und gesehen hab, dass die Tür nur angelehnt ist, hab ich auf einmal so eine blöde Gespenstergeschichte im Kopf gehabt. Eine Gespenstergeschichte, die ich in den Weihnachtsferien gelesen hab und in der es um ein verlassenes Haus geht und um einen Jungen, der so blöd ist, trotz aller Warnungen hineinzugehen. Und wenn man das Ende der Geschichte kennt, weiß man, dass er das lieber gelassen hätte, weil er jetzt auch ein Gespenst ist, ein Gespenst oder ein Zombie, aber in der Geschichte ist das so ziemlich das Gleiche. Na ja, daran hab ich jedenfalls denken müssen, aber reingegangen bin ich trotzdem, und immerhin hat es nicht gleich von allen Seiten »Huhu!« gemacht, und eine gruselige Kälte wie in der Geschichte hat mich auch nicht empfangen.

»Remo«, hab ich leise gesagt und bin einen Moment stehen geblieben, »Remo, bist du da?«

Ich hab in die Stille gelauscht und kurz darauf eine Art Rascheln gehört, und im selben Moment hab ich an Jo gedacht und daran, dass ich eigentlich viel lieber beim Fußball wäre, und dass ich vielleicht doch in sie verliebt bin, und wenn nicht, dann bestimmt bald, ja, sehr bald schon würde ich ihr meine Liebe gestehen, und in ein paar Jahren, gleich nach der Schule, würden wir heiraten und in ein Haus am Stadtrand ziehen und viele, viele Kinder haben und … Mein Gott, was für ein Blödsinn einem in den Sinn kommt, wenn man Schiss hat!

»Ich bin im Wohnzimmer«, hab ich auf einmal Remos Stimme gehört, und ich bin irgendwie erleichtert gewesen, dass sie geklungen hat wie immer.

Ich hab die Haustür hinter mir zugezogen und bin die paar Schritte durch den Eingangsbereich zum Wohnzimmer gegangen, das ich noch von früher kenne und das größer ist, als jedes andere Wohnzimmer, das ich in meinem Leben gesehen habe, ein Wohnzimmer, in dem man locker Fußball spielen könnte, wenn man die Möbel zur Seite schiebt, und das man so schnell nicht wieder vergisst, wenn man es einmal gesehen hat. Das Sofa im Übrigen auch nicht, auf dem vermutlich Jos komplette Mannschaft Platz hätte und auf dem jetzt nur Remo saß, saß oder hing, im Dunkel des Zimmers hab ich das nicht so recht erkennen können. So wenig wie das, was sich da neben ihm auf dem Sofa ausgebreitet und ziemlich übel gerochen hat, eine fiese Mischung aus Zigaretten, Alkohol und Kotze, von der mir auf der Stelle selbst schlecht geworden ist.

»Was ist das?«, hab ich Remo gefragt und auf den Sofaberg gedeutet.

»Nach was sieht es denn aus?«, hat Remo zurückgefragt und gegen das schwache Licht der Terrassentür hab ich gesehen, wie sein Kopf nach hinten auf die Sofalehne kippt. Dann hat er an einer Zigarette gezogen, die er vermutlich schon die ganze Zeit in der Hand gehabt hat, und hat den Rauch senkrecht nach oben gegen die Decke geblasen, wo er sich wabernd in alle Richtungen verteilt hat.

»Seit wann rauchst du?«, hab ich gefragt, und Remo hat kurz aufgelacht und seinen Kopf wieder aufgerichtet, und schon im nächsten Moment hat er sich nach vorne gebeugt und die Zigarette in einem Aschenbecher auf dem Tisch ausgedrückt.

»Ich rauche nur, damit es hier weniger nach Kotze stinkt. Hilft nicht wirklich, aber irgendwas muss ich ja tun.«

»Dein Vater?«, hab ich leise gefragt und gesehen, wie Remo nickt, ganz leicht nur, aber doch genug, um es selbst in der Dunkelheit des Zimmers erkennen zu können.

»Wahrscheinlich ist es ihm in seinem Zustand ziemlich egal, wo er schläft, aber mir nicht, mir ist es überhaupt nicht egal. Komm, fass mit an!«

Remo ist aufgestanden, und als ob wir ein jahrelang eingespieltes Team wären, haben wir Remos Vater unter den Armen und an den Füßen gepackt und in sein Schlafzimmer getragen. Ein Glück wenigstens, dass das hier Remos und nicht Lucas Vater war. Was Lucas Vater zu dick ist, ist Remos nämlich zu dünn, und vielleicht hat er gar nicht so furchtbar viel getrunken

65

gehabt und ist einfach nur umgekippt, weil der Alkohol bei ihm gleich alles lahmlegt, wenn er nur zweimal kurz am Glas nippt, aber wie er da ein paar Sekunden später auf dem Bett gelegen hat, mit offenem Mund und kotzeverschmiertem Hemd, da hat das Ganze dann doch eher nach Besäufnis ausgesehen. Immerhin hat Remos Vater einigermaßen regelmäßig geatmet und hat einmal, als wir ihm die Schuhe ausgezogen haben, sogar ganz kurz die Augen aufgemacht, aber gesehen hat er, glaube ich, nichts. Jedenfalls hat sein Blick so was komplett Leeres gehabt, als würde er mit den Augen nur mal kurz Licht schnappen, so wie ein Wal Luft, wenn er zum Atmen an die Wasseroberfläche kommt.

Remo hat sich kurz neben seinen Vater aufs Bett gesetzt und ihm ein paar nasse Haare aus der Stirn gewischt, und ich hab das Gefühl gehabt, dass er kurz davor gewesen ist zu weinen.

»Vielleicht«, hab ich leise gesagt, »sollten wir lieber einen Arzt rufen.«

Remo hat kurz von seinem Vater aufgeblickt und den Kopf geschüttelt.

»Der wird schon wieder. Komm, wir lassen ihn schlafen.«

Remo ist aufgestanden und hat mich mit aus dem Zimmer gezogen, aber anstatt zurück ins Wohnzimmer zu gehen, hat er in der Küche das Licht angeknipst und sich dort auf einen der Stühle am Tisch fallen lassen. Dann hat er die Arme hinter dem Kopf verschränkt und ein bisschen blöd gegrinst, und ich hab mir noch gedacht, wie kann man so blöd grinsen, wenn keine zehn Meter weiter sein eigener Vater kotzeverschmiert im Halbkoma liegt, da hat Remo »Und, Ahab?« gesagt, und da hab ich wirklich nicht mehr gewusst, was los ist.

»Was und?«, hab ich zurückgefragt, und Remo hat wenigstens mal aufgehört zu grinsen und sich eine halbvolle Sprudelflasche vom Tisch genommen und in einem Zug leer getrunken.

»Die Polizei war hier«, hat Remo gesagt und die leere Flasche zurück auf den Tisch gestellt, »aber mein Vater hat mich rausgehauen.«

»Rausgehauen?«

»Ja, er hat gesagt, dass ich den ganzen Tag zu Hause gewesen bin, und dass ich irgendeinen Sprengsatz über zwei Kilometer ferngezündet habe, hat noch nicht einmal die Polizei geglaubt.«

Remo hat gelacht und kurz den Kopf geschüttelt, und ich hab schon wieder dran denken müssen, was ich jetzt, also genau jetzt, in diesem Moment verpasse, und dass Remos kotzeverschmierter Vater nun wirklich der beschissenste Ersatz für eine Verabredung mit Jo ist, den man sich denken kann.

»Mein Vater ist super. Der haut mich immer raus, auf den ist Verlass.«

Remo hat eine zweite Flasche Sprudel vom Tisch genommen und mir hingehalten, aber obwohl ich ziemlich Durst gehabt hab, hab ich den Kopf geschüttelt. Nebenan hat sein Vater gehustet und anschließend kurz gestöhnt, und als es wieder still gewesen ist, hab ich gesagt: »Hat er das öfter, also, ich meine, dass er so betrunken ist?«, und da ist Remo auf einmal richtig wütend geworden.

»Sag mal, spinnst du?«, hat er mich angeschrien. »Mein Vater hat heute vielleicht ein paar Gläser zuviel gehabt, und es ist echt nett, dass du gekommen bist und mir geholfen hast. Aber deshalb hast du noch lange nicht das Recht, meinen Vater einen Alkoholiker zu nennen.«

»Hab ich ja gar nicht, ich hab ja nur gefragt.«

Remos Vater hat noch einmal gehustet, und dann kam so ein komisches Würgen hinterher, und da ist Remo hochgesprungen und rübergerannt, aber ein paar Sekunden später ist er schon wieder zurück in der Küche gewesen.

»Mein Vater ist Arzt, da kann er ja gar kein Alkoholiker sein. Oder denkst du, man kann Patienten behandeln, wenn man die ganze Zeit besoffen ist?«

Ich hab den Kopf geschüttelt und »Nein, kann man nicht« gesagt, aber Remo hat sich sowieso schon wieder beruhigt gehabt.

»Sag mal«, hat er auf einmal gefragt, »bist du eigentlich in Jo verliebt?«

Ein bisschen bin ich zusammengezuckt, und ich glaube, Remo hat gesehen, wie ich zusammengezuckt bin, und weil ich nicht gewusst hab, was ich antworten soll, hab ich auch noch mit den Schultern gezuckt, und da hat Remo laut herausgelacht.

»Wusste ich's doch. Ich meine, es sind ja alle irgendwie in Jo verliebt, aber bei dir ist es wirklich nicht zu
übersehen.«

»Aber das stimmt doch überhaupt nicht«, hab ich
versucht zu protestieren, und da hat Remo noch einmal
gelacht und gesagt: »Vielleicht weißt du es ja nur noch
nicht, aber ich weiß es, für so was habe ich ein Auge.«
Dann ist er aufgestanden und hat ein paar Ahab-
Schritte durch die Küche gemacht und dazu völlig bescheuert mit den Augen geklimpert, und da hab ich
gewusst, dass es Zeit ist zu gehen.

»Bring mir mal wieder Hausaufgaben!«, hat Remo
an der Tür gesagt. »Ist ja wirklich nicht so, dass ich die
Schule besonders liebe, aber so ganz ohne ist es eben
auch langweilig. Ach ja, und eins noch: Kein Wort über
das hier.«

Dazu hat Remo mit dem Kopf geruckelt, so nach hinten, also zum Wohnzimmer, vielleicht auch zum Schlafzimmer, aber ich hab auch ohne sein Ruckeln gewusst,
was er meint.

»O. k.«, hab ich geantwortet und bin die paar Stufen zum Gartenweg runter, und als ich schon am Tör-
chen gewesen bin, hab ich noch einmal Remos Stimme
hinter mir gehört, der meinen Namen gerufen hat. Ich
bin stehen geblieben und hab mich zu ihm umgedreht.
Außer dem erleuchteten Küchenfenster ist im Haus
noch immer alles dunkel gewesen, aber immerhin
hat die Straßenlaterne wieder funktioniert, und auch
wenn ihr Schein nicht so richtig bis zum Haus gereicht

hat, hab ich doch erkennen können, wie Remo mir zuwinkt.

»Danke«, hat er gesagt, »das war mehr, als du vielleicht glaubst«, und dann ist er im Eingang verschwunden, und noch in der selben Sekunde ist die Tür hinter ihm ins Schloss gefallen.

Einen kurzen Augenblick bin ich noch dagestanden und hab auf die geschlossene Tür gestarrt. Das hier war kein Geisterhaus, natürlich nicht, aber trotzdem geschahen da drinnen komische Dinge. Bei uns jedenfalls ist noch nie die Polizei gewesen und getrunken bis zum Umfallen hat bis jetzt auch noch keiner und dass einer von meinen Eltern auf einmal nach Südfrankreich abhaut, will ich auch nicht hoffen. So wenig, wie dass ich mal ein Alibi von ihnen brauche oder sie eines von mir, und sieht man mal von meinem Unfall und vielleicht noch von Oma Gerdas Sturz ins Rosenbeet ab, ist bei uns bisher eigentlich alles ganz schön glattgegangen.

Als ich schließlich wieder auf der Straße gewesen bin, hab ich auf die Uhr geschaut und war ziemlich verblüfft, dass es schon halb neun gewesen ist. Zu spät, um noch irgendwas von Jos Spiel mitzubekommen, aber wenigstens noch früh genug, um nicht zu Hause schon wieder neue Geschichten erfinden zu müssen. »War gut, 2:0 für Jo, ein Eigentor und eins von ihr«, mehr musste es gar nicht sein, und als ich zehn Minuten später zur Tür reingekommen bin, haben meine Eltern gerade einen von ihren geliebten Schweden-Krimis gesehen, die sie mir nie erlauben, weil es da immer so viele zerstückelte Leichen gibt, und so hab ich mir am Ende sogar die 2:0-Geschichte sparen können.

Jetzt lieg ich im Bett und lese noch ein bisschen *Moby Dick*. Endlich taucht der Käpt'n auf, Käpt'n Ahab, und schon wie er das erste Mal mit seinem Holzbein übers Deck stakt, ist mir klar, dass das kein Zuckerschlecken mit ihm wird. Damit er nicht so schnell umkippt, hat er sich in die Deckplanken ein rundes Loch bohren lassen. Da steckt er sein Holzbein rein und gibt seine Kommandos, und als Stubb, einer der Steuermänner, einmal etwas gegen ihn sagt, kriegt er gleich mal eine ordentliche Abreibung, und Ahab droht ihm sogar, ihn über Bord zu werfen, wenn er nicht sofort seinen Mund hält, aber ich glaube, das meint er nicht so.

Übrigens ist das Holzbein gar nicht aus Holz, sondern aus dem Kieferknochen eines Pottwals geschnitzt, weil so ein Holzbein auf hoher See wahrscheinlich schnell gammlig wird, und dann bricht es womöglich gerade in dem Moment unter einem zusammen, wenn man die Harpune nach dem Wal werfen will, und die ganze Jagd ist umsonst gewesen. Ach ja, der Käpt'n schläft schlecht, so wie ich auch, manchmal wenigstens, aber das ist es auch schon, was wir an Ähnlichkeiten haben. Gut, das mit dem Hinken natürlich, aber ein steifes Knie und ein Pottwalbein, also das sind schon zwei paar Stiefel, und meinen Fuß in ein Loch stecken, damit ich nicht umfalle, muss ich auch nicht. Wenn schon, dann möchte ich lieber Ismael sein. Ismael oder Quiqueg oder alle beide, und wenn ich Remo das nächste Mal sehe, gebe ich ihm meinen Spitznamen zurück, mit Geschenkpapier und Schleife drum, und wenn er mich dann noch einmal Ahab nennt, erzähle ich doch überall herum, wie sein Vater das Wohnzimmer vollgekotzt hat, ganz egal, was ich ihm versprochen hab, und jetzt mach ich das Licht aus und schlafe.

Herr Behrens mischt Tische
und stellt zu viele Jokerfragen

Am Morgen Vokabeltest bei Behrens, unangekündigt wie immer, was das angeht, ist auf ihn Verlass.

»Vokabeln muss man im Kopf haben«, sagt er gerne, »alles andere ist für den Barsch«, und lacht immer selbst am meisten über seinen Witz, und außer ein paar Französischstrebern wie Ben, Sophie oder Charlotte lacht eigentlich schon lange keiner mehr mit. Einer von den dreien ist es dann auch, der immer streckt, wenn Herr Behrens direkt im Anschluss an seinen Witz die Barsch-Frage stellt, also was Barsch auf Französisch heißt, was nun wirklich die absolut unnötigste von allen Französisch-Vokabeln ist, und wenn dann Ben oder Sophie oder Charlotte antwortet, sagt Herr Behrens: »La perche, sehr gut, jetzt könnt ihr in Frankreich angeln gehen«, und auch das soll angeblich witzig sein.

Natürlich kommt Barsch nie in einem seiner Vokabeltests vor, weil das ziemlich sicher alle wüssten und Herr Behrens lieber Wörter nimmt, die nicht alle wissen. Sachen wie Frühlingsanfang oder Taschentuch oder Gletscherspalte. Ja, Gletscherspalte, Herr Behrens hat immer mindestens ein Wort dabei, das eigentlich gar keiner wissen kann, sein Jokerwort, und wer es doch weiß, hat drei Fehler frei, aber das kommt eigentlich nie vor. Außer einmal, und da ist es ausgerechnet Jo gewesen, die es gewusst hat, weil das Jokerwort Torpfosten war und Jo zufällig eine Woche vorher mit ihrer Mannschaft bei einem Turnier in Frankreich gespielt hat, aber die drei Fehler, die sie damit frei gehabt hat, haben ihr auch nicht groß geholfen. Jo ist in Französisch ungefähr das, was Remo in Mathe ist, und wenn sie es im Zeugnis zwischendurch mal auf eine Vier schafft, knallen bei ihr zu Hause schon die Sektkorken.

Ich selbst bin eigentlich ganz gut in Französisch, und wenn Herr Behrens vor einem Test »die Tische mischt«, wie er das nennt, gehört der Platz neben mir immer zu den beliebtesten.

»Wenn ihr schon abschreibt«, sagt Herr Behrens, »dann schreibt wenigstens nicht immer vom Selben ab«, und in der Tat achtet er ganz genau darauf, dass bei seinem Tische-mischen immer eine komplett neue Sitzordnung rauskommt. Keine Ahnung, wie er das schafft, aber er schafft es, auch dieses Mal, und so hab ich auf einmal neben Jo gesessen, neben der ich noch nie gesessen hab, nicht beim Vokabeltest und auch sonst nicht, und irgendwie ist mir das vorgekommen wie eine Fügung des Schicksals. Immerhin konnte ich so vielleicht ein bisschen was bei Jo wiedergutmachen, und wenn sie am Ende eine Zwei oder wenigstens eine Drei schreiben würde, wäre unsere geplatzte Verabredung von gestern Abend vielleicht sogar ganz vergessen.

Damit Jo besser spicken kann, bin ich ein bisschen zur Mitte gerutscht und hab das Blatt ziemlich schräg vor mich auf den Tisch gelegt, und als ich mich kurz noch mal zu ihr umgedreht hab, hat sie mir dankbar zugenickt. Gut gelaufen ist die Sache trotzdem nicht, was nicht so sehr an Jo als vielmehr an mir gelegen hat, an mir und daran, dass ich die letzten Tage wohl nicht so recht bei der Sache gewesen bin. Jedenfalls ist mir jedes zweite Wort auf dem Blatt wie ein Joker-wort vorgekommen, und obwohl am Schluss bei jedem irgendetwas gestanden hat, hab ich kein gutes Gefühl gehabt. Ganz anders Jo, die nach der Stunde über-glücklich gewesen ist, weil auch bei ihr bei jedem Wort was gestanden hat, und das hat es bei ihr ziemlich si-cher noch nie gegeben.

»Wenn alles richtig ist, habe ich eine Eins!«, hat sie in der Pause gestrahlt, und ich hab mich nicht getraut, ihr zu sagen, dass mindestens die Hälfte von dem, was ich geschrieben hab, kompletter Unsinn ist, und dass da am Ende allerhöchstens eine Vier bei rauskommt, hab ich auch lieber für mich behalten. Schließlich soll man anderen keine schlechte Laune machen, schon gar nicht, wenn sie gerade gute Laune haben, und erst recht nicht, wenn die gute Laune so gut ist, dass sie nicht mehr an die schlechte vom Abend zuvor den-ken. O. k., ich hab noch immer nicht gewusst, ob Jo überhaupt sauer gewesen ist, und so richtig hab ich sie auch nicht danach gefragt. In Wahrheit hab ich sie nach überhaupt nichts gefragt, noch nicht einmal danach, wie das Spiel ausgegangen ist, und ich glaube, wenigstens danach hätte ich schon fragen sollen, und wenn ich Jo wäre, wäre ich allein schon darüber sauer, saurer noch als über eine geplatzte Verabredung. Es sei denn, ich wäre total in mich verliebt, also sie, ich meine, wenn Jo in mich verliebt wäre, dann würde sie mir vielleicht sogar das verzeihen. Aber einmal nebeneinander den Schulberg runterlaufen und einen zum Fußball einladen, ist ja noch nicht gleich verliebt, und dass Jo mich den Rest des Vormittags angestrahlt hat wie einen Märchenprinzen, hat ziemlich sicher einzig und allein mit Französisch zu tun gehabt und damit, dass sie gedacht hat, ich hätte ihren Schnitt ein bisschen nach vorne gebracht, und spätestens wenn sie den Test zurückbekommt, ist es mit dem Strahlen ganz schnell wieder vorbei.

In der Hofpause hab ich mich ein bisschen an Luca drangehängt, weil ich gedacht hab, dass Jo mich bestimmt nicht nach gestern Abend fragt, wenn jemand anders mit dabei ist, aber damit hab ich ganz schön danebengelegen. Luca und ich haben uns gerade auf das Mäuerchen an der Böschung beim Fahrradständer gesetzt gehabt, da hab ich gesehen, wie Jo aus dem Schulhaus kommt und sich umschaut, als ob sie nach jemand sucht. Ich hab mich ein bisschen zu Luca gedreht, was Jos Suche vielleicht ein bisschen verlängert hat, aber gefunden hat sie mich trotzdem, und als sie mich entdeckt hat, hat sie keine Sekunde gezögert und ist mit großen Schritten auf uns zugekommen. Sie hat noch immer gestrahlt, geradeso, als hätte ihr dieser verdammte Französischtest zwei Kilo Glückshormone ins Blut geschüttet, und als sie schließlich bei uns gewesen ist, hat sie sich ohne zu fragen neben mich aufs Mäuerchen gesetzt, und es hat nur noch gefehlt, dass sie mich wie auf der Straße unterhakt.

»Schade«, hat Jo gesagt, »dass du gestern nicht kommen konntest.«

Ich hab erst zu Jo geschaut, die noch immer gestrahlt hat, und dann zu Luca, der überhaupt nicht gestrahlt hat und dem stattdessen tausend Fragezeichen im Gesicht gestanden haben, und ein bisschen, das geb ich zu, hat mir sein schiefes Fragezeichengesicht sogar gefallen.

»Ja«, hab ich geantwortet, »es ging nicht, ich meine, es war so viel los bei uns, und da bin ich nicht weggekommen.«

Was für eine bescheuerte Antwort, hab ich bei mir gedacht, was für eine komplett bescheuerte Antwort. Was sollte bei uns schon so Großartiges los gewesen sein, dass ich nicht zum Fußball gekonnt hab, aber Jo hat sich nicht weiter daran gestört und einfach nur abgewunken.

»War eh kein gutes Spiel. 2:0, ein Eigentor und ein Abstauber von mir, aber eigentlich haben wir nur gewonnen, weil die anderen vor dem Tor einfach zu blöd waren.«

»2:0, ein Eigentor und eins von dir«, habe ich leise vor mich hingemurmelt, ein bisschen so wie mein Opa,

77

der, als er alt geworden ist, auch immer alles wieder-
holt hat, und wahrscheinlich ist mein Kopf gerade genauso leer gewesen wie seiner, kurz bevor er keinen
mehr erkannt hat.

»Egal, kommst du halt das nächste Mal, dann spielen wir auch wieder besser. Schließlich will ich meinen
Fans ja was bieten.«

Dazu hat Jo gelacht, und auch Luca hat gelacht, ein
bisschen wenigstens, und nur ich hab nicht gelacht,
weil ich an nichts anderes hab denken können, als
daran, dass ich das Ergebnis von Jos Spiel exakt vo-
rausgesagt hatte. Das Ergebnis und dazu auch noch
die Reihenfolge der Tore, und nur, weil ich es niemandem gesagt hab, hab ich es jetzt auch niemandem sagen können, weil es mir ja doch keiner geglaubt hätte.
Trotzdem hab ich es bei Luca versucht, als Jo wieder
weg war, aber Luca hat ganz andere Sachen im Kopf
gehabt als meinen Jahrhunderttipp.

»Sag mal«, hat er gesagt, »wieso weiß ich davon
nichts?«

»Wovon?«, hab ich zurückgefragt und bin mir schon
im selben Moment ziemlich bescheuert vorgekommen,
weil ich einen auf doof gemacht hab, und das kann ich
bei anderen auch nicht leiden.

»Na, dass ihr so Zweierverabredungen habt. Ich
meine, es geht mich ja nichts an, wenn mein bester
Freund verliebt ist, aber blöd ist es trotzdem.«

»Ich bin nicht verliebt«, hab ich protestiert, »und außerdem bin ich ja gar nicht hingegangen.«

»Schon klar, weil bei euch so viel los gewesen ist, dass du nicht weggekommen bist.«

Luca hat kurz aufgelacht und zur Wiese geschaut, wo Seidel gerade dabei gewesen ist, zwei Jungs aus der 11 zusammenzuscheißen, von denen einer aus der Nase geblutet hat.

»Sag mal, für wie dämlich hältst du mich eigentlich? Bei euch ist zu Hause nie was los, und wenn Jo dich zum Spiel eingeladen hat, und du nicht hingegangen bist, dann hast du entweder Schiss gehabt, oder du hast irgendwas anderes gemacht, von dem du nicht erzählen willst.«

»Ich hab keinen Schiss gehabt«, hab ich zurückgemotzt und hätte mich am liebsten noch im selben Moment für meine Antwort geohrfeigt.

»Also was anderes«, hat Luca prompt gesagt und dann noch, dass er mit so einem wie mir gar nicht mehr befreundet sein will, mit einem, der nur rumlügt oder sonst wie Scheiß erzählt, und dann ist er aufgestanden und zurück zum Schulhaus gegangen, und irgendwie hab ich ihn sogar verstanden. Freunde müssen sich alles erzählen, sonst sind sie keine Freunde, klare Sache! Aber was ist, wenn man zwei Freunde hat? Oder einen und einen halben, und der halbe sagt, dass man etwas nicht weitererzählen darf, niemandem und somit auch nicht dem einen. Was, bitte schön, soll man da machen?

»Wie war's heute?«, hat mich meine Mutter nach der Schule gefragt, und da ist es gleich weitergegangen mit dem Nicht-sagen-können. Also dass Luca sauer ist, weil ich ihm das mit Jo nicht erzählt hab, obwohl es davon ja gar nichts zu erzählen gibt, weil ich statt bei ihrem Spiel bei Remo gewesen bin, aber davon hab ich ja erst recht nichts erzählen können.

»Französisch-Vokabeltest«, hab ich gesagt, und ich bin ziemlich erleichtert gewesen, dass meine Mutter nicht weiter nachgehakt hat. Wahrscheinlich, weil sie bei Französisch nichts befürchtet, und wenn den Rest des Jahres keine neuen Katastrophen passieren, muss sie das auch nicht, aber wenn's tatsächlich eine Vier wird, sag ich's trotzdem nicht, das weiß ich jetzt schon.

Am Nachmittag hab ich Physio bei Frau Mattes gehabt, und wie immer, wenn ich Physio bei Frau Mattes hab, fühle ich mich danach, als hätte ich zwei Stunden lang Hochleistungssport gemacht. Dabei geht die Physio immer nur zwanzig Minuten und nach Hochleistung sehen die Turnübungen, die ich bei ihr mache, auch nicht gerade aus, aber trotzdem weiß Frau Mattes ganz genau, was sie tun muss, um mich so richtig zu stressen.

»Die eine noch«, sagt sie gerne, dabei weiß ich, dass danach noch eine kommt und noch eine, und dann ist immer noch nicht Schluss. Trotzdem mag ich Frau Mattes, weil sie keinen auf Schonung macht, nur weil ich ein steifes Bein hab, und wenn ich mal sage, dass ich nicht mehr kann, dann nickt sie und lässt mich zwei Minuten durchschnaufen, und danach geht es weiter, als wäre nichts gewesen.

Wenn ich bei Frau Mattes rausgehe, dann hinke ich regelmäßig noch mehr als ohnehin schon, aber das ist, bis ich zu Hause bin, längst wieder vorbei, und auch wenn mir Frau Mattes mit ihren Übungen mein Hinkebein nicht wegzaubern kann und mir noch nicht einmal verspricht, dass es damit irgendwann auch nur ein bisschen besser wird, hab ich noch keinen einzigen Termin bei ihr versäumt. Ich glaube, sie hat gemerkt, dass heute mit mir was nicht stimmt. Frau Mattes hat nämlich so Elektro-Hände, die alles mitbekommen, was im Körper los ist, und die erst recht Alarm schlagen, wenn es im Kopf ein paar Fehlzündungen mehr gibt als normal, aber Frau Mattes macht keine Psychosprüche und fragt nicht gleich nach irgendwelchen Sorgen und Ängsten, und allein dafür mag ich sie mehr als die ganzen Ärzte zusammen, die im Lauf der Zeit schon an mir rumgedoktert haben.

Als ich bei Frau Mattes fertig war, bin ich noch weiter zu Frau Jansen gegangen, um ihr zu sagen, dass ich schon zweihundert Seiten *Moby Dick* gelesen hab, und dass ich es manchmal ein bisschen langweilig finde und auch so ein bisschen geschwollen, dass ich es aber trotzdem mag, weil ich Ismael und Quiqueg gut finde und sie jetzt ja auch endlich losgefahren sind, um Moby Dick, den weißen Wal, zu jagen, aber Frau Jansen ist nicht da gewesen, statt ihr nur der bleiche Glatzkopf, der manchmal bei ihr aushilft und der mich immer behandelt, als wäre ich gerade mal zehn, und da bin ich gleich wieder rausgegangen.

Ich bin schon fast am Kircheck gewesen, als ich vor mir auf dem Gehweg einen Mann gesehen hab. Gut, ist natürlich nichts Besonderes, einen Mann auf dem Gehweg zu sehen, am Kircheck so wenig wie anderswo, aber der hier ist getorkelt, als ob er ein ganzes Fass Bier allein ausgetrunken hätte und noch drei Flaschen Schnaps hinterher, und das ist natürlich schon etwas Besonderes. Schon gleich nachmittags um halb vier, wenn fast nie jemand durch die Straßen torkelt, und wenn doch, dann ist es der Sohn vom Bäcker Horstmann, der fast immer torkelt, wenn man ihn sieht, aber das liegt daran, dass er irgend so eine Wackelkrankheit hat, für die er nichts kann, trinken tut der Sohn vom Bäcker Horstmann keinen Tropfen. Der Mann ist noch ein gutes Stück entfernt gewesen, aber weil er mit jedem Schritt nach vorne auch einen zur Seite gemacht hat, hab ich schnell aufgeholt. Das heißt, eigentlich hab ich sogar extra langsam gemacht, weil mir schon gleich, als ich den Mann entdeckt hab, ein bisschen komisch gewesen ist, trotzdem bin ich ihm immer näher gekommen. Der Gehweg beim Kircheck ist ganz schön breit, ich schätze mal drei oder vier Meter, aber selbst das ist für den Mann noch zu schmal gewesen. Ein paarmal jedenfalls wäre er fast vom Bordstein auf die Straße gefallen, und zumindest einmal davon wäre das ziemlich sicher übel für ihn ausgegangen, weil im selben Moment ein Lastwagen mit Betonrohren an ihm vorbeigedonnert ist, und als ich mir schließlich ein Herz gefasst und den Mann überholt hab, ist es mir, obwohl ich's eigentlich schon gewusst hab, gewaltig in den Magen gefahren. Remos Vater hat kurz zu mir her gesehen und dabei sogar gelächelt, als ob er mich erkannt hätte, aber tausend Euro, dass er das nicht hat, und wenn doch, dann hat er es in der nächsten Sekunde schon wieder vergessen gehabt. Vielleicht ist er noch nicht im Zustand von gestern Abend gewesen, aber dass er die fehlenden Flaschen Bier noch schaffen würde, daran hab ich keinen Zweifel gehabt. Ich hab kurz überlegt, ob ich Remo anrufen soll, und ob wir es vielleicht zu zweit schaffen konnten, seinen Vater nach Hause zu schleppen, bevor noch Schlimmeres passiert, als auf einmal ein Taxi am Straßenrand angehalten hat. Die Beifahrertür ist aufgeflogen und flinker, als ich es für möglich gehalten hätte, hat sich Remos Vater auf den Sitz fallen lassen und ein durchaus verständliches »Goldener Stern« von sich gegeben, und dass er damit nichts am Himmel gemeint hat, ist mir auf der Stelle klar gewesen. Drei Sekunden später ist das Taxi auch schon wieder davongerauscht, und keine Ahnung warum, aber im selben Moment hab ich an Remos Mutter denken müssen. An Remos Mutter in Südfrankreich und daran, dass sie sich da unten ein schönes Leben macht, und wenn nicht, dann ist es trotzdem scheiße, dass Remo mit der Geschichte hier allein war, ganz egal, ob sie was dafür konnte oder nicht. Ich hab einen Moment lang überlegt, und dann hab ich doch noch mein Handy rausgeholt und Remos Nummer gewählt, und als er sich ein bisschen verschlafen gemeldet hat,

hab ich gesagt: »Dein Vater ist im *Goldenen Stern*«,
und dann noch: »Ruf mich an, wenn du mich brauchst«,
und noch bevor Remo irgendetwas antworten konnte,
hab ich schon wieder aufgelegt gehabt.

Remos Vater gibt Diät-Tipps und hört Oper

Remo ist zurück in der Schule. Ich weiß nicht, wer ihm seine Strafe erlassen hat, aber Luca behauptet, dass so was nur von ganz oben kommen kann.

»Wie ganz oben?«, hab ich gefragt. »Ganz oben interessiert sich doch nicht für Remo.«

»Hast du eine Ahnung«, hat Luca geantwortet. »Die haben ihn jetzt in ihrer Amok-Kartei, und wenn noch mal was los ist hier, ist das SEK in fünf Minuten da.«

»Sagt deine Mutter?«

»Nein, sage ich.«

Und dann hat mir Luca noch alle Amokläufe der letzten fünf Jahre runtergerattert und wie viele Tote und Verletzte es da gegeben hat und dass SEK Sondereinsatzkommando bedeutet, aber das hab ich auch ohne ihn gewusst. Ich hab ihn reden lassen, weil ich froh gewesen bin, dass er nach gestern überhaupt wieder mit mir geredet hat, und dass mich seine Amokgeschichten genervt haben, hab ich mir nicht anmerken lassen. Zumindest hab ich's versucht, und ich glaube, es hat auch funktioniert, davon, dass er nicht mehr mit mir befreundet sein will, ist jedenfalls keine Rede mehr gewesen, und von Jo auch nicht, und so kann's von mir aus gerne bleiben.

Remo war eigentlich wie immer. Ein bisschen still und manchmal auch ein bisschen pampig, und als Ma-Maar ins Klassenzimmer gekommen ist, hat er demonstrativ aus dem Fenster geschaut. Ma-Maar hat zwar nicht aus dem Fenster geschaut, zu ihm hin aber auch nicht, also nicht mal in seine Richtung, und wer seinen Platz in der Nähe von Remo hat, der hat sich die Stunde über ziemlich sicher sein können, von ihr nicht aufgerufen zu werden.

In der Hofpause hab ich Remo auf demselben Mäuerchen sitzen sehen, auf dem auch Luca und ich gestern gesessen haben, und als ich irgendwann zu ihm hingegangen bin, ist er sofort ein bisschen zur Seite gerutscht, um mir Platz zu machen.

»Weißt du, was das Schlimmste ist?«, hat Remo nach einer Weile gesagt, als ich schon gedacht hab, wir verbringen die komplette Hofpause schweigend nebeneinander. »Das Schlimmste ist, dass man ihm am Morgen absolut nichts anmerkt. Er steht auf, duscht, trinkt seinen Kaffee und wünscht mir einen schönen Tag. Alles ist so komplett normal, verstehst du? Das Duschen, das Kaffee trinken, das Saufen, alles ist gleich normal.«

»Hast du ihn abgeholt?«

Remo hat mit den Schultern gezuckt und in der Jackentasche erfolglos nach irgendwas gekramt, und als er damit fertig gewesen ist, hat er sich rücklings gegen die Böschung fallen lassen und die Augen zugekniffen, und als er sie ein paar Sekunden später wieder geöffnet hat, sind sie ganz rot gewesen.

»*Goldener Stern*, hoffentlich musst du den Schuppen nie von innen sehen. Unterirdisch, ich sag's dir! Aber wenigstens hat er es danach noch allein ins Bett geschafft, und gekotzt hat er auch nicht, das ist ja schon mal ein Fortschritt.«

»Und jetzt?«, hab ich gefragt, und gar nicht so recht gewusst, was ich damit meine.

Remo hat kurz gelacht und sich wieder aufgesetzt und dabei gestöhnt wie ein Achtzigjähriger bei einer Kniebeuge.

»Und jetzt? Jetzt sitzt er gerade in seiner Praxis und macht EKG oder Ultraschall oder sagt einer Patientin, dass sie Diät oder mehr Sport machen muss oder am besten beides. Wenigstens trinkt er nur zu Hause, das gestern war eine Ausnahme.«

Kurz darauf hat es geklingelt, und wir sind aufgestanden, und als wir auf dem Weg ins Schulhaus an Jo vorbeigekommen sind, hat sie sich bei Remo untergehakt.

»Schön, dass du wieder da bist«, hat Jo gesagt, und Remo hat genickt und »Wenigstens bis zum nächsten Attentat« geantwortet, und da haben wir alle drei gelacht und sind nebeneinander die Treppe hochgegangen.

Luca hat schon wieder ziemlich komisch geguckt, als er uns so zu dritt um die Ecke zum Klassenzimmer hat biegen sehen, aber trotzdem hat er sich nach der Schule für den Nachmittag mit mir verabredet, und ich bin froh gewesen, mal wieder was ganz Normales vorzuhaben. Er hat mich auf dem Gepäckträger mitgenommen, und als wir so zusammen den Schulberg runtergefahren sind, ist es mir so vorgekommen, als ob er es dieses Mal besonders krachen lässt.

»Dann um drei«, hat er zum Abschied vor der Haustür gesagt und ist davongefahren, und als mich mein Vater beim Mittagessen gefragt hat, was ich am Nachmittag vorhabe, hab ich gesagt, dass ich zu Luca gehe, und da hat mein Vater genickt und »Schön, schön« geantwortet, und alles ist gewesen wie immer.

Der Nachmittag mit Luca ist dann eigentlich auch gewesen wie immer. Also wie immer vor Remo und Jo, und nur dass sein Computer alle fünf Minuten abgestürzt ist und wir so kein einziges Spiel zu Ende bekommen haben, hat ein bisschen genervt.

»Sag mal«, hat Luca irgendwann gefragt, »was willst du später eigentlich mal machen?«

»Wie machen?«, hab ich zurückgefragt.

»Na, Studium und Beruf und so, drei Jahre sind schneller rum, als man denkt.«

Ich hab auf dem kleinen Sofa neben dem Schreibtisch gesessen und Luca vor mir auf dem Teppichboden, da, wo er übersäht ist mit braunen Flecken, weil er mal beim Jubeln über einen Highscore ein volles Colaglas vom Tisch gefegt hat.

»Keine Ahnung«, hab ich gesagt, »alles außer Profisportler. Und Schriftsteller auch nicht, davon reicht einer in der Familie.«

Luca hat gelacht und »Staatsanwalt auch« gesagt, und dass er Arzt werden will, und dass er das seit gestern weiß.

»Seit gestern«, hab ich vorsichtig nachgefragt, und da hat Luca genickt und gar nicht mehr aufgehört damit, gerade so, als ob seine Idee für alle Ewigkeit festgenickt werden müsste.

»Im Fernsehen ist was über *Ärzte ohne Grenzen* gekommen. Die sind in der ganzen Welt und helfen den Armen und im Krieg und so, und überall, wo die sind, geht's den Menschen besser.«

»Und jetzt willst du auch den Armen helfen?«

Luca hat noch einmal genickt und hoch zu seinem Computer geschaut, der plötzlich ganz komisch geflackert hat, so, als ob er gleich endgültig den Geist aufgibt, aber dann hat er sich wieder gefangen, und Luca ist aufgestanden und hat ihn runtergefahren.

»Sag mal«, hab ich gesagt, »kann ich dich mal was fragen?«

»Ja, klar«, hat Luca geantwortet, »schieß los!«

Ich hab mich vorgebeugt und mir ein paar Salzstangen genommen, die Luca immer, wenn wir spielen, auf dem Schreibtisch stehen hat, und hab mich damit wieder zurückgelehnt.

»Mein Vater hat einen Freund, also jetzt keinen so ganz engen, aber schon einen Freund, und der Freund hat wieder einen Freund, und dieser Freund hängt an der Flasche. Also komplett, jeden Abend, und so, dass er dann die ganze Bude vollkotzt. Und natürlich will ihm der Freund von meinem Vater helfen, aber er weiß nicht wie. Und mein Vater würde jetzt gerne seinem Freund helfen, aber er weiß auch nicht wie.«

Luca hat mich ziemlich groß angeguckt, gerade so, als hätte ich ihm eine unlösbare Knobelaufgabe gestellt, und ein bisschen ist es so ja auch gewesen.

»Puh«, hat er gesagt und sonst erst mal nichts, und ich hab auch erst mal nichts mehr gesagt, so lange, bis Luca irgendwann »Klingt kompliziert« hinterhergemurmelt hat, und dann noch: »Wer ist das noch mal genau?«

»Keine Ahnung, also, ich weiß auch nicht«, hab ich gestottert, »ich kenne den Freund gar nicht, also den Freund von meinem Vater, und den Freund von dem Freund natürlich erst recht nicht. Ich weiß nur, dass mein Vater ganz schön fertig ist und dass das natürlich niemand wissen darf, also das mit dem Alkohol.«

Luca hat mit den Schultern gezuckt und sich erst mal zurück auf den Boden gesetzt, aber schon Sekunden später ist er wieder aufgesprungen und hat das Fenster über seinem Schreibtisch geöffnet und in den Garten hinausgesehen, geradeso, als ob es dort draußen eine Lösung für die Knobelaufgabe geben würde.

»Also wenn ich der Freund von dem Freund wäre«, hat er schließlich gesagt und sich zu mir umgedreht, »dann würde ich einen Entzug machen, aber auf die harte Tour, mit Einzelzelle und so. Und wenn ich der Freund wäre, dann würde ich meinen Freund packen, ins Auto setzen und mit ihm genau dorthin fahren, damit er es sich vor dem Eingang nicht noch mal anderes überlegt.«

»Und wenn du mein Vater wärst?«

Luca hat einen Moment nachgedacht und mich dabei so komisch durchdringend angesehen, als ob er irgendetwas hinter meiner Frage vermuten würde. Hat er aber nicht, glaube ich jedenfalls, und irgendwann hat er auch wieder weggeguckt und »Mitfahren« gesagt.

»Mitfahren?«

»Ja, klar, ist immer besser, man ist zu zweit. Und wenn dein Vater seinem Freund helfen will, dann reicht es nicht, gute Ratschläge zu geben. Dann muss er schon mitmachen.«

Irgendwo im Haus hat eine Uhr geschlagen, und im nächsten Moment hat Luca sein Handy aus der Hosentasche gezogen und gesehen, dass es schon kurz nach fünf ist und dass er gerade mal noch achtzehn Minuten hat, um zu seiner Klavierstunde zu kommen.

»Scheiße, das wird knapp«, hat Luca gesagt und ist schon aus dem Zimmer gewesen, und weil ich gewusst hab, dass ich sowieso nicht hinterherkomme, bin ich einfach noch ein bisschen sitzen geblieben und hab über seine Worte nachgedacht, und als ich schließlich gegangen bin, hat es draußen schon gedämmert.

Bis zum Abendessen ist es noch ein bisschen hin gewesen, und so bin ich auf dem Heimweg noch bei Remo vorbei. Anders als beim letzten Mal ist das Haus komplett erleuchtet gewesen, oben wie unten, aber trotzdem bin ich ziemlich überrascht gewesen, als mir nicht Remo, sondern sein Vater aufgemacht hat.

»Hallo, Tim«, hat er mich begrüßt und dabei ganz freundlich gelächelt, und ich hab nicht gewusst, über was ich mich mehr wundern soll, darüber, dass er stocknüchtern gewesen ist, oder darüber, dass er mich überhaupt wiedererkannt hat.

»Schön, dass du mal wieder zu Besuch kommst. Remo ist oben, du kennst ja den Weg.«

»Ja, ja«, hab ich gesagt, »klar, kenn ich«, und hab mich an Remos Vater vorbei in die Diele gedrückt und bin gleich zur Treppe durchgegangen, und als ich kurz darauf oben bei Remo geklopft hab, bin ich, ohne eine Antwort von ihm abzuwarten, direkt reingegangen. Remo hat auf dem Bett gelegen und Kopfhörer aufgehabt und einen Stapel Blätter in den Händen gehalten, und als er mich gesehen hat, hat er sich, glaube ich, ein kleines bisschen erschrocken. Jedenfalls hat er sich sofort aufgerichtet und den Kopfhörer und die Blätter zur Seite gelegt, und dann hat er »Hallo, Tim« gesagt, und irgendwie hat seine Stimme genauso geklungen wie die von seinem Vater ein paar Sekunden zuvor. Remo ist aufgestanden und hat mir einen Stuhl freigeräumt, auf dem sich die Kleider von mindestens einer Woche gestapelt haben, und als ich mich schließlich gesetzt hab, hat auch er sich zurück auf sein Bett fallen lassen, und in seinem Gesicht hab ich gesehen, dass er sich freut.

»Versuche gerade für Mathe zu lernen, aber wenn in meinem Leben nicht irgendwann noch mal ein Wunder geschieht, dann werde ich ewig ein Mathe-Krüppel bleiben, da hat Ma-Maar schon recht.«

»Nichts ist ewig«, hab ich geantwortet und mich kurz gefühlt, als hätte ich etwas ziemlich Bedeutungsvolles gesagt.

»Klingt schön«, hat Remo gesagt, »stimmt aber nicht. Ich werde auf ewig kein Mathe kapieren, du wirst auf ewig kein Hockey mehr spielen und Ma-Maar wird auf ewig keinen Mann abbekommen. Es gibt einfach Sachen, die stehen fest, da muss man nicht groß drüber jammern.«

»Und dein Vater«, hab ich in sein kurzes Lachen hinein gefragt, »ist das auch auf ewig?«

»Heute hat er einen guten Tag. Wenn mich nicht alles täuscht, hat er noch keinen Tropfen getrunken, kann aber auch sein, dass er sich das für später aufhebt.«

Remo hat eine Weile zur Tür gesehen, durch die kein Geräusch seines Vaters zu uns heraufgedrungen ist, und ich hab mir vorgestellt, wie Remo abends im Dunkeln im Bett liegt und beide Ohren wie Satellitenschüsseln nach unten richtet, ins Wohnzimmer oder in die Küche, und wie ihn jedes noch so kleine Klirren von einem Glas oder einer Flasche wie ein Elektroschock durchfährt, und im selben Moment ist mir auch klar gewesen, warum er am Morgen in der Schule immer so müde ist.

»Wie lange geht das schon so?«, hab ich gefragt.

Remo hat noch ein paar Sekunden lang zur Tür gesehen und als er sich schließlich zu mir zurückgedreht
hat, hat auf seinem Gesicht auf einmal so ein schiefes
Lachen gelegen, das fast wie Heulen ausgesehen hat.

»Ich weiß es nicht«, hat Remo gesagt, »ehrlich, ich
weiß es nicht. Zwei Jahre, drei, vielleicht auch fünf.«

»Und ist er, ich meine, hat er schon mal Entzug gemacht?«

Remo hat kurz aufgelacht und sich nach hinten in
die Kissen kippen lassen und wie auf einem Zahnarzt-
stuhl seine Beine übereinandergeschlagen. Dann hat
er seinen Kopf zur Seite gedreht und mich angesehen.

»Dazu müsste er sich ja erst mal krank fühlen. Tut er
aber nicht. Er sagt, dass er ein Genusstrinker ist und
dass es wie bei jedem Genuss schon auch mal ein bisschen zu viel davon sein kann. ›Mach dir keine Sorgen‹,
sagt er immer, ›ich hab das im Griff‹.«

Remo hat seinen Kopf zurückgedreht und die Decke
angestarrt.

»Du weißt ja, wie es bei mir in der Schule gerade
läuft. Ich stehe in Mathe und Englisch auf fünf und in
Geschichte und Chemie sieht es auch nicht viel besser
aus. Dazu die Sache mit Ma-Maar und der angebliche
Brandanschlag im Bio-Bunker, aber ich sage dir, gegen
das hier ist das alles Kindergeburtstag.«

Dazu hat Remo mit dem Kopf zur Tür gedeutet, hinter der auf einmal doch etwas zu hören gewesen ist,
klassische Musik, die irgendwie traurig geklungen

hat, und dann eine helle Frauenstimme, die Oper gesungen hat.

»Jetzt geht's los«, hat Remo gesagt, »er denkt, dass
ich bei der Musik von seiner Sauferei nichts mitbekomme. Vielleicht ist es besser, du gehst jetzt nach Hause.«

»O. k.«, hab ich geantwortet und bin aufgestanden,
aber an der Tür habe ich mich noch mal zu Remo umgedreht, und auch er hat sich zu mir umgedreht, und
wie wir uns so einen Moment lang angesehen haben,
hab ich mir gedacht, dass ich vielleicht doch zwei
Freunde hab und nicht nur eineinhalb.

»Wollen wir's zusammen versuchen?«, hab ich gefragt und Remo hat, glaube ich, nicht gleich verstanden, was ich damit meine, dann aber doch, jedenfalls
hat er genickt und »Ich glaube, dich mag er« gesagt,
und im selben Moment hat er doch noch angefangen
zu heulen, und da bin ich lieber gegangen.

95

Viel Schaum im Bad und zwei Döner beim King

Jo ist auf Wolke sieben. Sie hat tatsächlich im Vokabeltest eine Zwei bis Drei geschrieben, und ich glaube, es gibt keinen in der Klasse, dem sie ihr Blatt nicht gezeigt hat. »Très bien, Josephine«, hat Herr Behrens mit Rot unter die Note gekrakelt, während unter meiner Vier ein »Na, na, wie kann das denn sein?« steht, und wenn Herr Behrens mit einem recht hat, dann damit! Wie kann es sein, dass eine schlechte Schülerin bei einem guten Schüler abschreibt und am Ende eineinhalb Noten besser ist als er? Vielleicht hat Herr Behrens beim Korrigieren Fußball geguckt oder einen Krimi oder eine Dokumentation über die Tierwelt am französischen Mittelmeer. Blöd nur, dass ich ihn nicht drauf ansprechen kann, weil sonst für Jo am Ende womöglich auch noch eine Vier herausspringt, und das, glaube ich, würde sie mir endgültig nicht verzeihen.

Übrigens ist der Schnitt gar nicht mal so übel gewesen, 3,2, was bedeutet, dass ich zum ersten Mal in meiner ganzen Französisch-Karriere drunter gelegen hab, und das hat mich schon ein bisschen gewurmt. Zu allem Übel ist Herr Behrens nach der Stunde auch noch zu mir gekommen, um mir zu sagen, dass ich den Test zu Hause unterschreiben lassen muss.

»Und warum nur ich! Ich meine, es war doch nur ein Test, den müssen wir doch nie unterschreiben lassen.«

Herr Behrens hat mir eine Hand auf die Schulter gelegt und mich zwei Sekunden lang streng angesehen, dann hat er kurz gelächelt und mich wieder losgelassen.

»Weil du mehr als zwei Noten unter dem liegst, was du sonst so schreibst, Tim, und da lasse ich die Eltern schon gerne mal draufsehen.«

»Aber ich bin das nächste Mal garantiert wieder besser.«

»Natürlich bist du das«, hat Herr Behrens gesagt und ist zurück zu seinem Pult gegangen, um seine Tasche einzuräumen, »schadet aber trotzdem nichts, wenn deine Eltern von dem Ausrutscher wissen.«

Dann ist er aus dem Zimmer gegangen, und auch ich bin aus dem Zimmer gegangen, raus auf den Flur, wo Jo gerade eine kleine Spontan-Party gefeiert hat, und obwohl ich Jo mag und vielleicht sogar ein bisschen in sie verliebt bin, hab ich ihr die Zwei bis Drei irgendwie nicht so richtig gegönnt. Noch nicht mal, als sie mir um den Hals gefallen und »Mein Retter« ins Ohr gepustet hat, und dass ich selbst den schlechtesten Französisch-Test aller Zeiten geschrieben hab, hat Jo überhaupt nicht interessiert.

Wenigstens ist das Unterschreiben zu Hause einigermaßen problemlos über die Bühne gegangen. Ich hab gewartet, bis meine Mutter aus dem Haus ist und mein Vater über seinen Rot-Kritzeleien sitzt, dann guckt er

97

nicht so genau hin, was er da so unterschreibt, aber vielleicht hat er auch einfach deshalb nichts gesagt, weil auf seinen Blättern noch viel mehr falsch gewesen ist als bei mir. Remo hat übrigens eine Drei minus geschrieben, was ziemlich genau dem entspricht, was er sonst so abliefert, aber wenn man bedenkt, dass bei ihm gerade alles komplett drunter und drüber geht, ist seine Drei schon eine mittlere Sensation gewesen.

»Kommst du heute Nachmittag?«, hat er mich auf dem Weg zurück ins Klassenzimmer gefragt, und ich hab genickt und »Halb vier« geflüstert, und da hat auch Remo genickt und »Gut, halb vier« gesagt, aber geflüstert hat er nicht.

Anders als beim letzten Mal hat mir Remo selbst aufgemacht, und wir sind nicht nach oben zu ihm, sondern gleich durch ins Wohnzimmer gegangen, wo es immer noch ein bisschen nach Kotze gerochen hat, aber vielleicht ist das auch nur Einbildung gewesen.

»Er ist noch in der Praxis«, hat Remo gesagt, »bis sechs Uhr haben wir Zeit.«

»Zeit für was?«, hab ich gefragt, und da hat Remo mit den Schultern gezuckt und geantwortet, dass er das selbst nicht weiß, aber dass ich ja jetzt hier wäre und dass wir zusammen schon auf eine Idee kommen würden.

»Und wenn nicht«, hat Remo gesagt, »schließen wir einfach von innen ab und lassen den Schlüssel stecken, dann ist er wenigstens schon mal beschäftigt.«

»Glaub ich nicht«, hab ich erwidert, und Remo hat mich nur kurz fragend angesehen und dann den Kopf geschüttelt.

»Hast recht, dann kann ich ihn wieder im *Goldenen Stern* abholen, und da will ich, ehrlich gesagt, so schnell nicht mehr hin.«

»Dann verstecken«, hab ich vorgeschlagen.

»Wie verstecken? Was hilft es denn, wenn wir uns verstecken? Suchen wird er uns sicher nicht.«

»Uns nicht«, hab ich geantwortet, »aber seine Flaschen vielleicht schon.«

Remo hat ein bisschen abwesend aus dem Fenster gesehen und ein paarmal vor sich hin genickt.

»Also alles durchsuchen, und die Flaschen irgendwo bunkern.«

»Genau! Und am besten dort, wo er sie nicht wiederfindet.«

Remo hat noch einmal genickt und sich schon im nächsten Moment vom Sofa hochgedrückt, und als ich nicht gleich mit aufgestanden bin, hat er mir die Hand hingestreckt und mich hochgezogen.

»Fangen wir in der Küche an, dann Wohnzimmer, dann Arbeitszimmer, Schlafzimmer und am Schluss Gästezimmer.«

»Und was ist mit Keller und Garage?«

Remo hat kurz aufgestöhnt und sich an die Stirn gefasst.

»Verdammt, das wird knapp. Da musst du dein Hinkebein mal für ein paar Stunden vergessen.«

Hab ich dann auch, so gut wie man ein Hinkebein halt vergessen kann, und knapp ist es auch geworden, aber am Ende haben wir es doch geschafft. Am einfachsten ist es in der Küche gewesen. Kühlschranktür auf – Flaschen raus – Kühlschranktür wieder zu. Gut, noch ein paar Sachen in den Vorratsschränken, aber besonders versteckt ist da nichts gewesen, so wenig wie in der Hausbar im Wohnzimmer und der im Arbeitszimmer, und allein mit dem, was wir in den drei Zimmern sichergestellt haben, hätte man schon einen mittleren Schnapsladen ein paar Tage am Laufen halten können.

Im Schlafzimmer und im Gästezimmer ist die Sucherei dann schon ein bisschen schwieriger gewesen. Eine Flasche Gin hab ich hinter den Unterhosen im Schrank gefunden und Remo irgend so ein Mix-Zeug im Bettkasten vom Gästebett, aber so richtig kompliziert ist es dann erst im Keller geworden, weil der bei Remo eher so eine Art Müllhalde ist, mit der einzigen Ausnahme, dass es nicht stinkt, also wenigstens nicht besonders, nur nach Keller halt, aber danach stinkt es bei uns auch.

»Oben haben wir es ohne Mama eigentlich immer irgendwie hingekriegt«, hat Remo gesagt und entschuldigend mit den Schultern gezuckt, »aber hier unten ist alles komplett aus dem Ruder gelaufen. Ehrlich gesagt, glaube ich nicht, dass wir hier was finden.«

»Glaube ich auch nicht«, hab ich geantwortet, aber gefunden haben wir trotzdem was. Zwei Flaschen Cognac und eine mit Kirschlikör, der schon am Schimmeln gewesen ist, und obwohl Remos Vater von den Flaschen ziemlich sicher gar nichts mehr gewusst hat, haben wir auch sie mitgenommen. Genauso wie die zwei Kästen Bier in der Garage und die Flasche Waschbenzin in der Werkzeugkiste, weil Remo gesagt hat, dass man das zur Not auch saufen kann, und als wir mit den Flaschen und Kisten zurück im Wohnzimmer gewesen sind, haben wir nicht mal mehr eine halbe Stunde Zeit gehabt, um das ganze Zeug wegzuschaffen.

»Hast du eine Idee?«, hat Remo gefragt.

»Keine Ahnung«, hab ich geantwortet, »vielleicht erst mal in dein Zimmer.«

Remo hat kurz aufgelacht und »Großartiger Vorschlag« gesagt, und dann hat er nachgedacht, ziemlich lange nachgedacht, so lange, dass ich schon gedacht hab, das wird nichts mehr mit dem Nachdenken, aber dann hat er plötzlich genickt und »Wenn schon, denn schon« gesagt, und dann noch, dass ich mir so viel von den Flaschen schnappen soll, wie ich tragen kann. Hab ich gemacht, auch wenn ich noch immer nicht gewusst hab, was Remo vorhat, und erst als ich ihm vollbeladen den Flur hinterhergestolpert bin und er auf einmal ins Badezimmer abgebogen ist, ist mir die Sache klar gewesen.

»Kann sein, dass mein Vater mich köpft«, hat Remo gesagt und währenddessen die ersten Flaschen aufgeschraubt, »aber das hier funktioniert nur auf die radikale Tour.«

Dann hat er die Flaschen genommen und umgedreht über's Waschbecken gehalten, und als sie leer gewesen sind, hat er gleich mit den nächsten weitergemacht.

»Jetzt komm schon«, hat er gezischt, »wir haben ja nicht mehr ewig Zeit«, und da hab ich es ihm gleichgetan, und schon ein paar Sekunden später ist der Schnaps vierhändig in den Abfluss gegluckert.

Das Zeug hat ziemlich scharf gerochen und nur manchmal ein bisschen süß, aber selbst das hat noch übel genug gestunken, und bald schon hab ich eh keinen Unterschied mehr feststellen können, weil das ganze Badezimmer eine einzige, riesige Alkoholwolke gewesen ist. Ein großes Wodka-Whisky-Cognac-Likör-Obstler-Gin-Durcheinander, und als ich mich irgendwann schon selbst halb besoffen davon gefühlt hab, bin ich zum Fenster und hab es aufgerissen, und da ist es mir gleich ein bisschen besser gegangen.

»Gute Idee«, hat Remo gesagt, »und jetzt das Bier!« Er hat den ersten Kasten auf einen Hocker ans Waschbecken gestellt, und während ich die Kronkorken im Akkord von den Flaschen geklickt hab, hat er die geöffneten gepackt und das Bier in den Ausguss schäumen lassen, und das hat dem Badezimmer dann doch noch mal eine ganz neue Duftnote hinzugefügt. Vielleicht auch deshalb, weil sich der Schaum hartnäckig im Waschbecken gehalten und mit jeder Flasche noch ein bisschen weiter aufgetürmt hat, so hoch, dass wir nach eineinhalb Kisten sogar kurz Pause machen mussten, damit das Waschbecken nicht überläuft.

»Keine Ahnung, wie viel das hier war«, hat Remo schließlich mit der letzten Flasche, die er übers Waschbecken gehalten hat, gesagt, »aber tausend Euro Minimum, Papa bringt mich um.«

Gemeinsam haben wir uns auf den Badewannenrand gesetzt und auf das Meer an leeren Flaschen zu unseren Füßen gestarrt.

»Und jetzt?«, hab ich gefragt.

Remo hat kurz überlegt und ist schließlich aufgestanden und zur Tür gegangen.

»Mach die Bierflaschen schon mal in die Kästen, ich hole Tüten.«

Damit ist Remo verschwunden, aber statt mit Tüten ist er ein paar Minuten später mit zwei riesigen Wanderrucksäcken zurückgekommen, und mit ein bisschen Stopferei haben wir am Ende tatsächlich alle Flaschen darin untergebracht. Augenblicke später hat jeder von uns einen aufgehabt und einen leeren Kasten Bier in der Hand, und als wir so nach draußen gegangen sind, hat die Wanduhr im Flur hinter uns gerade sechs Uhr geschlagen.

»Punktlandung«, hat Remo geflüstert und vorsichtig nach links und rechts gespäht, aber von seinem Vater ist nichts zu sehen gewesen. »Vielleicht macht er noch Abrechnung, dann kommt er nicht vor acht.«

Wir sind zum Altglas-Container und von dort weiter zum Supermarkt, wo wir die Bierkästen abgegeben haben, und das, was wir dafür bekommen haben, hat immerhin für jeden einen Döner beim *Döner-King* ergeben. Remo hat mir dazu noch eine Cola spendiert, und wie wir da gesessen und gegessen und getrunken haben, hat sich das angefühlt wie eine ziemlich verdiente Mahlzeit nach getaner Arbeit.

»Besser, du kommst nachher nicht mehr mit«, hat Remo gesagt und sich die Knoblauchsoße von der Backe gewischt, »sonst killt er dich gleich mit.«

»Und du denkst, du packst das allein?«

Remo hat genickt und dazu mit den Zähnen ein Stück Tomate aus seinem Döner gezogen.

»Du hast mir für heute genug geholfen. Ich gebe dir Bescheid, wenn was passiert.«

Ein paar Minuten später sind wir aufgestanden und den größten Teil des Wegs zusammen gegangen, aber am Rehbrunnen, also da, wo die Siedlung anfängt, hat Remo mich in meine Richtung davongeschickt.

»Wieso hat Jo eigentlich eine Zwei bis Drei und du eine Vier«, hat er noch gefragt, »die hat doch garantiert komplett bei dir abgeschrieben«, und als ich nichts anderes gewusst hab, als mit den Schultern zu zucken, hat Remo gelacht und gesagt: »Ich glaube, das nächste Mal knöpfen wir uns die Hausbar von Behrens vor«, und dann sind wir endgültig auseinandergegangen.

Zu Hause bin ich direkt in mein Zimmer und hab zur Ablenkung ein bisschen *Moby Dick* gelesen. Eigentlich ist Käpt'n Ahab ja hinter dem weißen Wal her, um sich an ihm zu rächen, aber weil die Mannschaft bei Laune bleiben soll, schickt er sie auch nach normalen Walen aus. Blöd nur, dass gleich die erste Jagd komplett danebengeht, und das Boot von Ismael und Quiqueg voll Wasser läuft, und so vollgelaufen treiben sie in der Nacht auf dem Meer, weil sie nämlich auch noch die *Pequod* aus den Augen verloren haben, und irgendwie denken sie schon, dass es das jetzt für sie gewesen ist, als sie das Schiff plötzlich in der Dunkelheit auftauchen sehen, und so ist die erste Jagd auf die Wale am Ende wenigstens halbwegs gut ausgegangen.

Beim Lesen hab ich immer mein Handy im Blick gehabt, damit ich ja keine Nachricht von Remo verpasse, aber es hat bis halb neun gedauert, bis er sich das erste Mal gemeldet hat.

er sucht, hat Remo geschrieben, nur das, und ein bisschen hab ich auf einmal Angst um ihn gehabt. Zum Glück ist Remo einen Kopf größer als sein Vater und hat auch ein paar Muskeln mehr, aber wer weiß schon, zu was ein Alkoholiker fähig ist, wenn er seine Flaschen nicht findet. Nach Remos SMS ist es eine ganze Weile still gewesen, und ich hab erst mal nichts anderes getan, als zu warten, und als mir das Warten mit der Zeit dann doch ein bisschen langweilig geworden ist, hab ich mich an meinen Schreibtisch gesetzt, um noch ein bisschen was für die Mathearbeit morgen zu lernen, und genau in dem Moment ist Remos nächste SMS gekommen.

ziemlich miese laune unten, aber er kommt nicht hoch.

gut, hab ich zurückgeschrieben, und: *meld dich, wenn's was neues gibt!*

Ich hab noch mal mit Mathe angefangen oder hab es wenigstens versucht, aber so richtig was bei rausgekommen, ist da nicht. Wie auch, wenn man anstatt ins Heft immer aufs Display vom Handy schaut. Lösungen für quadratische Gleichungen haben da jedenfalls nicht gestanden, und wenn ich zwischendurch doch mal für ein paar Sekunden an den Zahlen in meinem Heft hängen geblieben bin, haben die für mich auch keinen größeren Sinn ergeben.

Ich weiß nicht, wie lange es gedauert hat, bis Remos dritte SMS gekommen ist, vielleicht zwanzig Minuten, vielleicht eine halbe Stunde, und wie seine erste ist auch die ziemlich kurz gewesen, *er hört oper,* und da hab ich gewusst, dass der Abend gelaufen ist. Für Remo, für seinen Vater und irgendwie auch für mich, und ich hab mein Matheheft zugeklappt und mich ins Bett gelegt, und da liege ich jetzt und denke nach. Darüber, wo wir etwas übersehen haben könnten und dass Remo jetzt traurig in seinem Bett liegt und schon wieder demselben Film im Wohnzimmer zuhören muss, und dass die Männer von Käpt'n Ahab auch nicht gleich bei ihrer ersten Waljagd Erfolg gehabt haben, ist mir ein schwacher Trost. Schon gleich, weil die *Pequod* einfach weiterfährt, und wenn sie wieder Wale sehen, machen sie es genauso wie das letzte Mal, und irgendwann wird es schon klappen. Remo und ich aber müssen uns was Neues einfallen lassen, und wenn ich so drüber nachdenke, dann ist das mit dem Flaschen ausleeren eine ziemliche Schnapsidee gewesen. Schließlich hat Remos Vater genug Geld, dass er sich schon morgen wieder alle Regale auffüllen kann, und wenn Remo Pech hat, streicht ihm sein Vater für seine Aktion auch noch für ein paar Monate das Taschengeld. Trotzdem bin ich froh, dass wir die Sache gemacht haben. Punkt 1: Remos Vater weiß jetzt, dass Remo seine Sauferei ernst nimmt, Punkt 2: Remo weiß, dass er auf mich zählen kann, und Punkt 3: Mit irgendwas muss man ja anfangen.

Ma-Maar schmeißt eine Runde
und macht komische Geräusche

Jo hat sich das linke Bein gebrochen. Irgend so eine Hundert-Kilo-Bombe aus ihrer Mannschaft hat ihr im Training beim Schießen das Standbein weggegrätscht, aber gebrochen hat sie sich das andere, weil sie ganz schief auf dem Boden aufgekommen ist und die Hundert-Kilo-Bombe obendrauf, und da ist das Bein hinüber gewesen.

»Wie ein Stöckchen, knacks, ab!«, hat Jo gesagt und dabei gelacht, als wäre so ein abgeknackstes Bein nicht viel mehr als ein Schnupfen.

Ist es vielleicht auch nicht, zumindest, wenn man weiß, dass es wieder zusammenwächst und man irgendwann den Gips abbekommt und bald schon wieder herumhüpft wie früher, aber ich finde trotzdem, dass man über so was nicht lachen sollte. Jo hat einen Gips das ganze Bein hoch und muss an Krücken gehen, und obwohl sie gar nicht hinkt, sondern eher so komisch hoppelt, sagen jetzt alle, dass wir ein Traumpaar sind. Angefangen hat Jana damit, und die anderen haben gelacht, auch Luca, der am lautesten, dabei hätte er bestimmt am meisten dagegen.

Jo ist übrigens erst nach der Mathearbeit in die Schule gekommen, was bestimmt nicht die schlechteste Idee gewesen ist, weil Ma-Maar gerade auf so einem »Ich zeig euch jetzt mal, wie schlecht ihr seid«-Trip ist, und ich bin mir sicher, dass bei ein paar von den Aufgaben sogar die Besten aus der Oberstufe ins Schwitzen gekommen wären. Mathe ist grundsätzlich eigentlich ganz o.k. bei mir, nicht wirklich gut und nicht wirklich schlecht, o.k. eben, aber mit der Arbeit hat Ma-Maar eine neue Zeitrechnung eingeläutet. Selbst Ben hat nach der Stunde gestöhnt, und Ben stöhnt eigentlich nie, außer vielleicht, wenn er Verstopfung hat, und die hat er in der Tat oft. Aber heute hat er keine Verstopfung gehabt und gestöhnt hat er, weil er nur fünf von acht Aufgaben fertigbekommen hat, und wer Ben kennt, der weiß, dass ihn das schon in die Nähe von Selbstmordgedanken wegen Komplettversagens bringt. Ich hab zwei Aufgaben fertigbekommen und noch mal drei halb, und die restlichen hab ich noch nicht mal angefangen, was mich zwar nicht in die Nähe von Selbstmordgedanken bringt, aber ziemlich sicher in die einer Fünf, und ich weiß nicht, ob die beim Unterschreiben zu Hause noch mal so locker durchgeht wie die Vier im Vokabeltest.

Remo hat gar keine Aufgabe zu Ende gerechnet, hat aber immerhin alle versucht, und vielleicht, so sagt er, bekommt er irgendwo einen halben Punkt für einen besonders lustigen Lösungsweg. Trotz allem ist er guter Laune gewesen, vielleicht auch deshalb, weil der Abend gestern am Ende doch nicht so schlimm verlaufen ist, wie gedacht.

»Ich glaube, er hat nur eine Flasche Wein getrunken. Keine Ahnung, wo er die gefunden hat, aber die leere Flasche hat heute früh in der Küche gestanden.«

»Und was hat er, ich meine, hat er was gesagt?«

Remo hat den Kopf geschüttelt.

»Kein Wort, und ehrlich gesagt weiß ich nicht, ob das ein gutes oder schlechtes Zeichen ist.«

»Na ein gutes«, hab ich sofort erwidert, »er hätte dich ja auch total zusammenscheißen können.«

»Genau«, hat Remo gesagt, »aber das wäre immerhin mal eine Reaktion gewesen. Weißt du, was er mich heute früh stattdessen gefragt hat? Wie viel Geld ich für den Schulausflug brauche. Stell dir das mal vor: Ich schütte ihm tausend Euro in den Gully, und das Einzige, was mich mein Vater fragt, ist, wie viel Geld ich für den Schulausflug brauche!«

»Und, wie viel brauchst du?«

Remo hat kurz aufgelacht, sich von den Sitzstufen im Flur hochgedrückt und mir seine Hand hingehalten.

»Fünfzig Minimum, hab ich gesagt, und da hat er mir sechzig gegeben.«

»Er hat dir sechzig Euro für einen Schulausflug gegeben?«

Remo hat genickt und mich hochgezogen.

»Immerhin scheint er bei der ganzen Sache noch so was wie ein schlechtes Gewissen zu haben. Ich glaube, irgendwie müssen wir ihn damit kriegen.«

Ein paar Tage später ist dann unser Ausflug gewesen. Als zweite Begleitperson hat sich Herr Behrens ausgerechnet Ma-Maar ausgesucht. Keine Ahnung, was er sich dabei gedacht hat, aber vielleicht gibt es im Lehrerzimmer so eine Liste der traurigen Lehrer, die nie mitdürfen, weil keiner sie leiden kann, und weil Ma-Maar da schon zweihundertfünfzig Jahre draufsteht, ist sie jetzt einfach mal dran gewesen. Aber fast noch schlimmer, als Ma-Maar mit im Bus zu haben, ist gewesen, dass unser Ausflug in den Tierpark Bergenreuthe gegangen ist. Wie, so frage ich mich, kann man bei einigermaßen klarem Verstand auf die Idee kommen, mit einer neunten Klasse einen Schulausflug in den Tierpark Bergenreuthe zu machen? Ich meine, ich hab ja überhaupt nichts gegen den Tierpark Bergenreuthe, und ich bin sogar schon oft mit meinen Eltern dort gewesen, aber da war ich vier oder fünf! »Schau mal, Tim, die Ferkel!« oder »Da, die Erdmännchen, sind die nicht süß?«, ich hab's noch genau im Ohr, auch wenn es schon zehn Jahre her ist. Im Tierpark gibt es nur total langweilige Tiere, und in ein paar der Gehege darf man sogar rein, und weil die Rehe und Ziegen schon komplett verhaltensgestört sind, rennen sie noch nicht mal weg. Das einzige gefährliche Tier im ganzen Park ist Joschi, ein einsamer Braunbär, und der liegt den ganzen Tag im Tiefschlaf in seiner Betongrube rum und hebt höchstens mal den Kopf, um ein paar Fliegen zu verscheuchen, und von der Anstrengung schläft er danach sofort wieder ein.

Ma-Maar ist alles in allem eigentlich ganz in Ordnung gewesen. Im Bus ist sie friedlich und still in der ersten Reihe gesessen, und im Tierpark hat sie auch nicht viel gesagt, und am Kiosk hat sie sogar eine Runde Eis ausgegeben. Remo hat auch eins genommen, obwohl ich gesehen hab, wie er kurz gezögert hat, und nur Herr Behrens hat die Einladung von Ma-Maar ausgeschlagen, weil er angeblich auf seine Linie achten muss, aber in Wahrheit ist das, glaube ich, irgend so ein Lehrerding gewesen, so von wegen Abstand zu den Schülern wahren, was weiß ich.

Ach ja, Jo ist übrigens nicht mit dabei gewesen. So weit kann sie mit ihren Krücken noch nicht laufen, und ein Rollstuhl ist für sie auch nicht infrage gekommen. Dabei hat Luca ihr schon angeboten gehabt, sie den ganzen Weg durch den Park zu schieben.

»Echt«, hat er zu Jo gesagt, »mach ich«, und dann noch, dass er Erfahrung mit Rollstühlen hat, weil er seine Oma immer durch den Park im Altenheim schiebt, aber Jo ist nicht so irrsinnig scharf drauf gewesen, die Rolle von Lucas Oma zu spielen, und so ist sie am Ende eben lieber zu Hause geblieben.

Unser Tag im Tierpark hat ungefähr so ausgesehen: Wildschweine ansehen – Gemsen ansehen – Rehe ansehen – Steinböcke ansehen – Ziegen ansehen – Ziegen streicheln – Waschbären ansehen – Vesper im Zwergenpark – Damwild ansehen – Rentiere ansehen – Eis mit Ma-Maar am Kiosk – Hirsche ansehen – Meerschweinchen ansehen – Meerschweinchen streicheln –

Bär. Wahnsinns-Programm, besonders die Streichelein-
heiten bei den Ziegen und den Meerschweinchen, aber
ein paar von uns haben sich tatsächlich sofort auf die
Tiere gestürzt, und wenn ihnen mal eins drei Grashal-
me aus der Hand gefressen hat, haben sie gleich helle
Entzückensschreie ausgestoßen. Ich hab keine Entzückensschreie ausgestoßen, aber ich hab ja auch keine
Ziegen und Meerschweinchen gestreichelt, und weil
Remo auch keine Lust gehabt hat, Ziegen und Meerschweinchen zu streicheln, haben wir uns stattdessen
auf eine Bank gesetzt und den anderen beim Streicheln
zugesehen.

»Ich glaube«, hat Remo irgendwann gesagt, »er ist
gestern wieder unterwegs gewesen.«

»Unterwegs?«, hab ich ein bisschen begriffsstutzig
zurückgefragt, und Remo hat genickt und »*Goldener
Stern*« gesagt, »oder woanders, auf alle Fälle fängt er
wieder an, auswärts zu saufen. Vielleicht haben wir
uns mit unserer Aktion selbst ins Knie geschossen.«

Dann hat Remo kurz zu mir rübergesehen und »Entschuldigung« gesagt, und im selben Moment hat Ma-
Maar wie ein Bauarbeiter durch die Finger gepfiffen,
und das ist das unmissverständliche Zeichen gewesen,
dass die Streichelzeit vorbei war.

»Auf zum Bär!«, hat Ma-Maar gerufen und den Arm
in die Luft gestreckt wie ein Feldherr, der mit seinen
Truppen in die Schlacht zieht, und in der Tat sind wir
schon kurz darauf geordnet und im Gleichschritt hinter
Ma-Maar hergetrottet, und wie es sich für eine mutige

Truppe gehört, haben wir ihr keine zehn Minuten später in der Schlacht das Leben gerettet. O. k., in Wahrheit sind nicht *wir* es gewesen, sondern Remo, und eine Schlacht war es natürlich auch nicht, aber was stimmt, ist, dass Ma-Maar im Tierpark Bergenreuthe um ein Haar ihr Leben verloren hätte. Wahrscheinlich wäre das manch einem gar nicht ungelegen gekommen, allen voran Remo, der so noch mal eine zweite Mathe-Chance bekommen hätte, aber Remo hat gar nicht an eine zweite Mathe-Chance gedacht und stattdessen einfach zugepackt. Keine Ahnung, warum ausgerechnet er neben Ma-Maar gestanden hat, wo er doch den ganzen Ausflug über einen weiten Bogen um sie gemacht hat, aber jetzt, an der Bärengrube, hat er sich eben doch an sie herangetraut gehabt, oder es ist einfach Zufall gewesen, wie Remo behauptet, aber der Reihe nach. Wir sind also hinter Ma-Maar hergetrottet, und als wir bei Joschi angekommen sind, haben wir uns über die ganze Breite der Betonbrüstung verteilt und Ma-Maar mittendrin, und wie immer hat Joschi müde in der Ecke gelegen und höchstens mal kurz zu uns hochgeblinzelt, und das ist's auch schon gewesen. Zumindest so lange, bis Ma-Maar ihren großen Auftritt gehabt hat.

»Passt mal auf«, hat sie in die Runde gerufen, »mit Bären kenne ich mich aus«, und dann hat sie angefangen, die unmöglichsten Faxen in Joschis Richtung zu machen. So mit Hände in der Luft rumfuchteln und Kopfwackeln und »Plock-Plock«-Geräuschen mit der

Zunge, die wahrscheinlich Bären-Laute sein sollten, aber wenn ich mich mit Bären vielleicht auch nicht so gut auskenne, von einem, der »Plock-Plock« macht, hab ich noch nie gehört. Na ja, egal, Joschi hat jedenfalls weiter ziemlich unbeeindruckt in seiner Ecke gelegen, so lange, bis Ma-Maar ihre letzte Waffe ins Feld geführt hat, und da ist auf einmal doch noch Leben in ihn gekommen. Ma-Maar hat gesungen. Nein, nicht gesungen, Ma-Maar hat Töne gemacht, hohe Fiepstöne, die fast schon in den Ohren wehgetan haben und die ganz bestimmt genauso wenig Bärensprache gewesen sind wie ihr »Plock-Plock«, aber Joschi hat auf einmal seinen Kopf gehoben, und es hat nicht lange gedauert, und er ist aufgestanden und auf sie zugetapst. Ja, Joschi hat sich tatsächlich zum ersten Mal seit hundert Jahren nennenswert bewegt, und das, weil eine hässliche, übergewichtige und fast immer schlecht gelaunte Mathematiklehrerin auf einmal hohe Fiepstöne macht. Ma-Maar ist völlig aus dem Häuschen gewesen und hat gerade vor Begeisterung wie wild in die Hände geklatscht, als Joschi sich plötzlich direkt vor ihr auf seinen Hinterfüßen aufgerichtet hat, gerade so, als wolle er Ma-Maar ganz nahe sein. Und da wollte Ma-Maar mit einem Mal auch Joschi ganz nahe sein und hat sich nach vorne über die Brüstung gebeugt und die Hände nach ihm ausgestreckt, und im selben Moment hat sie das Gleichgewicht verloren. Gut möglich, dass schon der Sturz Kopf voran in die Betongrube tödlich für sie gewesen wäre und wenn nicht, hätte Joschi ganz sicher nicht Nein gesagt zu so einem Festtagsbraten, der ihm da frisch vor die Füße fällt. Ist er aber nicht, eben weil Remo dagewesen ist, und ich weiß nicht genau wie, aber er hat Ma-Maar in letzter Sekunde mit der Hand am Hosenbund erwischt und sich dann voll mit den Beinen gegen die Mauer gestemmt. Sofort haben Herr Behrens und ein paar andere mit angepackt, und mit vereinten Kräften haben sie Ma-Maar schließlich zurück auf die Beine gezogen, auch wenn sie sich da nicht lange gehalten hat und kreidebleich in sich zusammengesackt ist. Wie ein Häufchen Elend hat sie gegen die Mauer gelehnt dagesessen und »Danke!« in Herrn Behrens' Richtung gestammelt, aber der hat nur mit dem Kopf geschüttelt und auf Remo gedeutet, und da ist Ma-Maar noch ein bisschen bleicher geworden.

»Bedanken Sie sich bei Remo«, hat Herr Behrens gesagt, »ohne ihn lägen Sie jetzt da unten«, und da hat Ma-Maar noch mal »Danke« gesagt, vielleicht ein bisschen leiser als vorher, aber immerhin eindeutig in Remos Richtung.

»War mir eine Ehre«, hat er geantwortet, und keiner hat so richtig verstanden, wie er das meint, aber als ich Remo später gefragt hab, hat er »Genau so« gesagt, genau so habe er das gemeint, weil es nämlich immer eine Ehre sei, jemand retten zu können, ganz egal wen, und darüber hab ich erst mal nachdenken müssen. Für den Rest des Ausflugs ist Remo natürlich der Held gewesen. Jeder hat mal neben ihm gehen und hören wollen, wie er Ma-Maar gerettet hat, dabei hat es ja jeder gesehen gehabt und mehr hat er eigentlich gar nicht nicht erzählen können.

Als wir schließlich mit dem Bus zurück an der Schule gewesen sind und alle schon wieder ihre Rucksäcke für den Nachhauseweg aufgehabt haben, ist dann noch was Seltsames passiert. Auf einmal nämlich ist Ma-Maar vor Remo gestanden, und man hat gesehen, wie sie in ihrem Kopf nach Worten kramt, und genauso, wie sie keine findet, und da hat sie ihn mit einem Mal umarmt. Ja, Ma-Maar hat Remo ihre dicken Arme um den Rücken gelegt und ihn kurz festgehalten, und so völlig unwirklich mir das im ersten Moment auch vorgekommen ist, so richtig hat es doch ausgesehen. Ich meine, kein Mensch auf der Welt will von Ma-Maar umarmt werden, am wenigsten Remo, aber irgendwie sind das da gar nicht Ma-Maar und Remo gewesen, sondern einfach zwei Menschen, von denen sich einer beim anderen bedankt, weil der ihm das Leben gerettet hat, und was kann daran schon falsch sein.

»Noch Zeit?«, hat Remo mich beim Weggehen gefragt, und ich hab gesagt, dass ich erst zu Hause anrufen muss, aber zu Hause ist keiner gewesen, und da bin ich mit Remo mitgegangen. Also nicht zu ihm, sondern ins *Roma*, wo Remo mich zu Pizza und Cola eingeladen hat, weil er auf dem Ausflug von seinen sechzig Euro nur fünfzig Cent für Rehfutter ausgegeben hat.

»Vielleicht schenkt mir Ma-Maar jetzt in der Arbeit eine Fünf«, hat er gesagt, »aber Freunde werden wir deshalb sicher nicht.«

»Trotzdem ist es gut gewesen«, hab ich erwidert, und Remo hat genickt und »Klar« gesagt, »klar ist es gut gewesen, aber lieber wäre mir, ich hätte meinen Vater aus seiner Grube herausgezogen.«

»Schaffst du auch noch«, hab ich geantwortet und dann schnell noch ein »Wir« hinterhergeschoben, und da hat mich Remo kurz angesehen und gelächelt.

»Und wie? Wenn er jetzt immer auswärts trinkt, können wir ja kaum noch was machen.«

»Vielleicht ja doch«, hab ich gesagt, und in der Tat hab ich plötzlich eine Idee gehabt. »Das nächste Mal, wenn er in den *Goldenen Stern* geht, gehen wir einfach mit.«

»Und schlagen Radau?«

»Nein, im Gegenteil. Wir sagen gar nichts und sitzen einfach nur da, trinken eine Cola und sehen ihm beim Saufen zu.«

Remo wollte gerade zum Protestieren ansetzen, aber im selben Moment ist unsere Pizza gekommen, und wir haben uns erst mal über unser Essen hergemacht, und nach drei oder vier Bissen hat Remo auf einmal genickt.

»Und du kommst wirklich mit?«

»Klar komm ich mit. Ist doch viel peinlicher für ihn, wenn auch noch ein Freund von dir zuguckt.«

Remo hat noch einmal genickt, und dann haben wir weitergegessen, einfach weitergegessen, und als ich um halb acht endlich zu Hause eingetrudelt bin, sind auch meine Eltern gerade heimgekommen. Ich glaube, sie haben was getrunken gehabt, jedenfalls ist meine Mutter so komisch aufgedreht gewesen, und als sie mich gefragt hat, wie es beim Ausflug war, hab ich gesagt: »Lustig, Ma-Maar wäre fast von Joschi gefressen worden«, und da hat sie sich halb totgelacht.

»Wer ist Joschi?«, hat mein Vater gefragt, und ich hab »Ein Erdmännchen« geantwortet, und weil meiner Mutter jetzt schon die Tränen aus den Augen gespritzt sind, hat auch er in ihr Lachen eingestimmt, und irgendwie hab ich in dem Moment tatsächlich an Joschi denken müssen. An Joschi und daran, dass Bären bestimmt ein schlechtes Gedächtnis haben und Joschi sogar ein besonders schlechtes, weil er ja immer so müde und traurig ist, und wahrscheinlich hat er das mit Ma-Maar und ihren Fiepstönen längst schon wieder vergessen. Schade eigentlich, wo das für Joschi heute doch ein besonderer Tag gewesen ist, so wie für Ma-Maar auch, und so könnten sie eigentlich Freunde fürs Leben sein, aber ein Bär bleibt halt ein Bär, und Ma-Maar bleibt Ma-Maar, und weiter kann man dazu eigentlich gar nichts sagen.

Jo macht eine Party und
mag keine vibrierenden Handys

Ma-Maar ist wie ausgewechselt. Seit der Sache bei Joschi hat sie jedes Mal, wenn sie ins Klassenzimmer kommt, so ein seliges Lächeln auf dem Gesicht, als würde sie Drogen nehmen. Tut sie aber nicht, zumindest kann ich mir das nicht vorstellen, und wenn doch, soll sie das Zeug ruhig weiternehmen. Dass Remo ihr das Leben gerettet hat, ändert zwar nichts daran, dass er auch weiter der schlechteste Mathe-Schüler der Klasse ist, aber auf einmal ist Ma-Maar ganz geduldig mit ihm, und wenn er an der Tafel steht und mit der Aufgabe nicht vorwärtskommt, dann erklärt sie ihm jeden Rechenschritt einzeln und so langsam, dass ihn sogar Remo kapiert, manchmal wenigstens. In der Arbeit hat er trotzdem eine Fünf geschrieben und das auch nur, weil Ma-Maar den Schnitt um eine komplette Note angehoben hat, und so hab auch ich mich am Ende noch auf eine Drei bis Vier retten können, die zu Hause einigermaßen kommentarlos durchgegangen ist.

Jo hat die Arbeit heute früh nachgeschrieben und danach gesagt, dass sie total einfach war und sie sogar vor der Zeit fertig gewesen ist, und wenn das so weitergeht, wird Ma-Maar irgendwann noch heiliggesprochen. Remo vielleicht auch, jedenfalls ist er heute schon mal zu Seidel gerufen worden, der ihm so eine Art Tapferkeitsurkunde überreicht und ihm gesagt hat, dass seine Rettungstat sogar im nächsten Zeugnis vermerkt sein wird, aber dass Remo das bei der Versetzung hilft, glaube ich eher nicht.

Jo hat immer noch ihren Gips, aber jetzt hat sie so ein Gehteil drunter, und seitdem sieht es tatsächlich ein bisschen ähnlich aus, wie wir laufen.

»Ahab und Ahabine«, hat sie heute früh gesagt, als wir nebeneinander über den Schulhof gestakst sind, und hat sich lachend noch einmal bei mir untergehakt, aber irgendwie haben wir unsere Hinkebeine nicht in den selben Takt bekommen, und noch bevor wir am Kiosk gewesen sind, hat sie mich wieder losgelassen.

»Ich mache Freitag eine Party«, hat sie mir zugeflüstert, als wir schließlich nebeneinander in der Schlange gestanden haben, »ich hoffe schwer, es ist nicht wieder zu viel los bei dir.«

»Nein, nein«, hab ich mich beeilt zu sagen, »also ich meine ja, klar komm ich«, und da hat sie mich in die Seite geboxt und mir zugezwinkert, und obwohl wir noch gar nichts gekauft gehabt haben, hat sie mich allein in der Schlange stehen lassen und ist zurück zum Schulhaus gehinkt.

Luca und Remo sind auch eingeladen gewesen, aber Remo hat gleich gesagt, dass er nicht kommt, weil er seinen Vater nicht aus den Augen lassen will.

»Ich glaube, er war gestern wieder unterwegs«, hat

Remo gesagt. »Als ich vom Judo nach Hause gekommen bin, ist er jedenfalls ziemlich hinüber gewesen und rumgestanden hat absolut nichts.«

»Und was hast du Jo gesagt?«

Remo hat kurz mit den Schultern gezuckt und im nächsten Moment hat er ein verknittertes Foto aus der Tasche gezogen.

»Meine Mutter.«

»Klar ist das deine Mutter«, hab ich erwidert, »aber was hast du Jo gesagt.«

»Na dass sie mich besuchen kommt und dass ich da lieber zu Hause bleiben will. So was halt.«

»Und«, hab ich gefragt, »kommt sie?«

Remo hat kurz gelächelt und das Foto zurück in seine Jackentasche geschoben.

»Gilt dein Angebot noch?«

»Ja, natürlich«, hab ich gesagt, auch wenn ich gar nicht gleich kapiert hab, was er überhaupt meint.

»Gut«, hat Remo erwidert. »Gegenüber vom *Goldenen Stern* ist ein Café. Da setze ich mich jetzt jeden Abend rein, so lange, bis er auftaucht. Und dann melde ich mich sofort bei dir, und wir legen los.«

Ich hab genickt und »Abgemacht« gesagt, und irgendwie ist mir auf einmal gar nicht mehr so wohl bei der ganzen Sache gewesen. Remos Vater die Flaschen in den Gully zu schütten, war ja ein Ding, aber ihm beim Saufen in der Kneipe gegenüberzusitzen und ihn dabei auch noch anzustarren, also das war noch mal eine ganz andere Nummer. Ist's ja dann auch gewesen, und dass die ganze Aktion am Abend von Jos Party war, hat es auch nicht gerade besser gemacht.

Jo wohnt ein ganzes Stück weg von uns, eigentlich so weit, dass das ein Fall für meine Mutter gewesen wäre, also mit Hinbringen und Abholen, pünktlich versteht sich, aber ich hab auf sie eingeredet, dass ich die drei Kilometer schon schaffe und dass mich auch Luca ein Stück auf dem Rad mitnehmen kann, und da hat sie schließlich zugestimmt.

»Aber du bist trotzdem pünktlich zurück. Halb zwölf, und nicht, dass du mir nachher vorjammerst, dass es doch weiter war, als du gedacht hast.«

»Mach ich nicht«, hab ich geantwortet und bin raus aus der Tür, und wie bestellt ist tatsächlich Luca unterwegs an mir vorbeigekommen und hat mich mitgenommen.

Er hat sich ziemlich in Schale geschmissen gehabt und gestunken, als ob er zu Hause im Aftershave seines Vaters gebadet hätte, aber so ganz ohne bin ich auch nicht unterwegs gewesen. Zudem hab ich ein Geschenk für Jo dabeigehabt, das schwer zu übertrumpfen gewesen ist, ihre Barça-Fahne, die ich ihr zurückgeben wollte, aber als ich damit zehn Minuten später vor ihr gestanden hab, hat sie nur gelacht und »Geschäft ist Geschäft« gesagt, und so sind die ersten Punkte klar an Luca gegangen. Luca hat nämlich drei DVDs mit Filmen dabeigehabt, die alle erst ab sechzehn sind, und dass er davon keine einzige gekauft, sondern alle gebrannt hat, hat Jo gar nichts ausgemacht.

123

»Cool«, hat sie gesagt, »gucken wir später«, und hat Luca einen Kuss auf die Backe gegeben.

Jos Eltern sind nicht zu Hause gewesen, und so ist ihre Party im Wohnzimmer und in der Küche gestiegen. Obwohl es draußen schon dunkel gewesen ist, sind überall die Rolläden unten gewesen, sogar im Klo, und mir ist nicht so ganz klar gewesen, was Jo vorgehabt hat.

»Wissen deine Eltern eigentlich von der Party«, hab ich sie irgendwann gefragt, aber Jo hat nur gelacht und ist zur Tür gegangen, wo gerade die Nächsten geklingelt haben, drei Jungs aus der Zehn, von denen Jo einen zur Begrüßung auf den Mund geküsst hat, und schon eine halbe Stunde später ist es im Wohnzimmer gerammelt voll gewesen. Außer Jana und Luca hab ich keinen gekannt, und auch die hab ich bald schon aus den Augen verloren gehabt. Luca hab ich irgendwann in der Küche wiedergefunden, wo er sich gerade über eine Platte mit Frikadellen hergemacht hat. Neben ihm hat eine offene Flasche Bier gestanden, und als er mich gesehen hat, hat er erst mal einen großen Schluck daraus getrunken.

»Auch eins?«, hat Luca gefragt.

Ich hab den Kopf geschüttelt, aber Luca hat trotzdem eine Flasche aus dem Kasten genommen und mir hingehalten, und da hab ich sie halt genommen.

»Komische Party«, hab ich gesagt und die Flasche geöffnet, und im selben Moment hat jemand im Wohnzimmer die Anlage aufgedreht.

»Komm!«, hat Luca gesagt, und schon durch die Tür haben wir gesehen, dass die Ersten tanzen. Die meisten haben dabei irgendwas in der Hand gehabt, ein Bier oder eine Zigarette oder eine Frikadelle, und auch Luca ist mit seiner Flasche auf die Tanzfläche gegangen, und weil ich nicht nachgekommen bin, hat er mir von dort ein paar wilde Zeichen gegeben. Irgendwann hat er aufgegeben und stattdessen begonnen, im Takt der Musik rumzuhampeln und den Kopf wie wild hin und her zu werfen, und wenn ich ehrlich bin, hat das gar nicht mal so schlecht ausgesehen.

Ich hab mich auf einen Stuhl an der Wand gesetzt und gerade einen Schluck aus meiner Bierflasche genommen und gehofft, dass auch das nicht schlecht aussieht, als auf einmal Jo neben mir gestanden hat.

»Du trinkst Bier?«, hat sie gesagt, und ich hab erst sie und dann die Flasche in meiner Hand angeschaut, und schließlich hab ich genickt.

»Schmeckt aber nicht«, hab ich gesagt, »normalerweise trinke ich gar kein Bier.«

»Ich auch nicht«, hat Jo geantwortet, »aber mach mal eine Party ohne was, da rennen dir die Leute auf der Stelle davon. Willst du tanzen? Oder hast du Angst, dass ich dir mit meinem Gips auf den Fuß trete?«

Jo hat gelacht und mir ihre Hand hingestreckt, und als ich nicht gleich zugegriffen hab, hat sie mir die Flasche weggenommen und auf ein kleines Tischchen an der Wand gestellt, und schon im nächsten Moment hab ich ihre Hand in meiner gespürt. Sekunden später

125

sind wir mitten im Getümmel gewesen, und obwohl irgendwas Schnelles gelaufen ist, hat Jo mir die Hände auf die Schultern gelegt, und mich ein bisschen zu sich herangezogen, und dass auf einmal ohne Übergang so eine Knutschnummer angefangen hat, ist, glaube ich, kein Zufall gewesen. Jedenfalls hat sich Jo sofort ganz eng an mich gedrückt, so mit Bauch an Bauch und Brust an Brust, und auch unten sind wir auf einmal ganz nahe beieinander gewesen, und als ich auch noch ihre Arme um meinen Rücken gespürt hab, da hat auf einmal mein Bein wie blöd angefangen zu kribbeln, und gezittert hab ich auch.

»Alles gut?«, hat Jo in mein Ohr geflüstert, und ich hab genickt, und im selben Augenblick hat mein Handy in der Hosentasche angefangen zu vibrieren.

»Jetzt übertreibst du aber«, hat Jo geflüstert und leise gelacht, und als ich mein Handy endlich aus der Hosentasche gefummelt gehabt hab, da ist es schon wieder still gewesen. Trotzdem hab ich gesehen, wer angerufen hat, Remo, und was das bedeutet, ist mir auf der Stelle klar gewesen.

Trotzdem haben Jo und ich weitergetanzt, und Jo hat mich noch einmal ganz nah zu sich herangezogen, aber so richtig bin ich nicht mehr bei der Sache gewesen. Remo, hab ich gedacht, gleich ruft er noch einmal an oder schickt eine SMS, von wegen dass es losgeht und dass ich sofort kommen soll, und genau so ist es dann ja auch gewesen. Jo hat gerade ihr Gesicht an meinen Hals geschmiegt gehabt und ihre Arme noch enger um meinen Rücken geschlungen, und ich glaube, es hat nicht viel gefehlt, und sie hätte mich geküsst, da hab ich es wieder gespürt, also mein Handy, und auch Jo hat es gespürt, einmal nur, genug, dass sie mich losgelassen und ein bisschen schief angeguckt hat.

»Kannst du das Ding vielleicht mal ausstellen?«

»Ja, klar«, hab ich geantwortet, dabei hab ich schon gewusst, dass es völlig egal war, ob ich das Handy ausschalte oder nicht, weil ich in drei Minuten sowieso nicht mehr auf Jos Party sein würde, und dass ich es mir damit endgültig bei ihr verschissen hatte, hab ich auch gewusst.

es geht los, hat Remo geschrieben, *sitze im café. leibnizplatz. ist gerade in gold.stern rein. kommst du?*

Ich hab vom Handy aufgesehen und bevor ich irgendwas sagen konnte, hat Jo das für mich übernommen.

»Verstehe, wichtige Sache. Wir können ja mal wann anders weitertanzen. Nur vor dem Sommer müsste es halt sein, weil ich dann weg bin.«

Damit hat sich Jo umgedreht und sich am Rand von der Tanzfläche einen aus der Zehn geschnappt und ihn auf die Tanzfläche gezogen. Schon ein paar Sekunden später hat sie ihm am Hals gehangen und die Arme um den Rücken geschlungen, und im selben Moment hab ich Remo verflucht. Remo und mehr noch seinen Vater, der im *Goldenen Stern* bestimmt schon über seinem ersten Schnaps hing und dem völlig gleichgültig war, was in der Welt um ihn herum passiert, weil es für ihn sowieso keine Welt um ihn herum gibt. Im Rausgehen hab ich noch kurz Luca gesehen, der mit einem Mädchen auf einem der Sofas gesessen hat, und ich hab gar nicht erst versucht, ihm zuzuwinken, weil er dann womöglich aufgestanden und zu mir rübergekommen wäre, um mich zu fragen, was los ist, und darauf hab ich absolut keine Lust gehabt.

Draußen hab ich mich erst mal aufs Gartenmäuerchen gesetzt und tief durchgeatmet, und als ich mit dem Durchatmen fertig gewesen bin, hab ich dreimal laut »Scheiße« gebrüllt. Einmal wegen Jo, einmal wegen Remos Vater und einmal, weil ich komplett keinen Plan gehabt hab, in welcher Richtung der Leibnizplatz überhaupt liegt, und dass er ganz in der Nähe sein musste, hat mir auch nichts geholfen. Irgendwann bin ich von Jos Gartenmäuerchen aufgestanden und hab einfach mein Glück versucht, aber Glückstage sehen anders aus, und als ich nach zehn Minuten eine alte Frau mit einem kläffenden Wollknäuel an der Leine nach dem Weg zum Leibnizplatz gefragt hab, hat sie mich in genau die Richtung geschickt, aus der ich gerade gekommen war.

»Wenn Sie mögen, junger Mann, begleite ich Sie ein Stück, Hannibal braucht sowieso noch ein bisschen Auslauf.«

Dazu hat sie mit ihrem Stock auf das Wollknäuel an ihrer Seite gedeutet, und ich hab mich beeilt, den Kopf zu schütteln und zu sagen, dass ich es eilig habe, sehr eilig, und dass ich sozusagen gestern schon am Leibnizplatz hätte sein müssen.

»Verstehe, verliebt«, hat die Frau geantwortet und mir zugezwinkert, und da hab ich mich umgedreht und bin in Richtung Jo zurückgelaufen, zurück und an ihrem Haus vorbei, und als ich kurz darauf noch einmal einen Abendspaziergänger gefragt hab, ist es zum Leibnizplatz gar nicht mehr weit gewesen. Trotzdem hab ich insgesamt mehr als eine halbe Stunde gebraucht, und noch mal ein paar Minuten, bis ich Remos Café gefunden hab, und da ist Remo auch schon rausgestürmt gekommen.

»Verdammt, Tim«, hat er mich angemotzt, »bist du rückwärts gelaufen, der ist gleich wieder weg«, und noch bevor ich irgendwas hab erklären können, hat mich Remo schon über die Straße gezogen.

Der *Goldene Stern* ist tatsächlich direkt gegenüber gewesen und hat so ein paar Blinklichter über dem Eingang gehabt, wahrscheinlich dass man ihn besser findet, wenn man schon besoffen ankommt. Remo und ich sind gerade die paar Stufen zur Tür hoch, als sie aufgeflogen ist und zwei Typen an uns vorbeigestolpert sind, von denen sich einer schon die Hose vollgepisst gehabt hat.

»Lass uns noch was trinken gehen«, hat der andere gesagt, und der Vollgepisste hat ganz selig genickt, und gesagt hat er nichts, weil es mit dem Reden für ihn wahrscheinlich schon längst vorbei gewesen ist.

»Wollen wir da wirklich rein?«, hab ich Remo zugeflüstert.

Remo ist kurz stehen geblieben und hat sich zu mir
umgedreht.

»Du musst mir nicht helfen, und wenn du lieber wieder nach Hause gehen willst, nehme ich dir das noch
nicht mal übel. Aber wenn ich dich erinnern darf, das
hier war deine Idee. Ach ja, und übrigens: Du stinkst
nach Bier, für so was habe ich eine Nase!«

»Ich war bei ...«, hab ich angefangen zu erklären,
aber Remo ist mir ins Wort gefallen und hat »Rein oder
nicht?« gesagt, und ohne eine Antwort von mir abzuwarten, hat er sich wieder umgedreht und die Tür
aufgedrückt, und keine fünf Sekunden später sind wir
beide drin gewesen.

Das Licht im *Goldenen Stern* ist ziemlich schummrig
gewesen, aber trotzdem hab ich gleich gesehen, dass
kaum jemand an den Tischen sitzt. Eigentlich nur ein
einziger Mann, ein bärtiger Glatzkopf, der irgendeinen
Takt auf die Tischplatte vor sich getrommelt hat, und
das, obwohl im Lokal überhaupt keine Musik gelaufen
ist. Der Rest der Gäste hat an der Theke gehangen,
die wie ein großes Quadrat um den Barmann und seine
Flaschen angeordnet gewesen ist. Und da hat auch er
gesessen, Remos Vater, vor sich ein volles Bier- und ein
leeres Schnapsglas, und so wie er ausgesehen hat, hat
er von beidem schon ein paar Exemplare mehr getrunken gehabt.

»Da hin!«, hat Remo geflüstert und mit dem Kopf auf

die gegenüberliegende Seite der Theke gedeutet, und als wir uns dort Sekunden später auf die Barhocker geschoben haben, hat uns sein Vater gar nicht gleich gesehen.

Dafür der Barmann, der seinen gewaltigen Körper auf uns zugewälzt hat, und obwohl zwischen ihm und uns noch fast ein Meter Theke gewesen ist, bin ich vorsichtshalber ein paar Zentimeter auf meinem Hocker nach hinten gerutscht.

»Alkohol gibt's für euch aber keinen«, hat er uns angebrummt, »und um elf ist hier Schicht, verstanden?«

»Alles klar, Meister«, hat Remo erwidert, »zwei Cola.«

Der Barmann hat zwei Flaschen aus dem Kühlschrank gezogen und vor uns auf die Theke geknallt.

»Und nicht versuchen, witzig zu sein, kleiner Mann. Witzige Gäste mögen wir hier nämlich nicht. Strohhalme?«

Er hat auf unsere Flaschen gedeutet, und Remo hat den Kopf geschüttelt, und als der Barmann sich schließlich wieder verzogen und den Blick freigegegen hat, hat Remos Vater auf der anderen Seite der Theke genau in unsere Richtung gesehen. Für einen kurzen Augenblick ist so etwas wie Entsetzen über sein Gesicht gehuscht, aber schon Augenblicke später hat er sich wieder im Griff gehabt und so getan, als ob er uns gar nicht kennen würde. Remo hat seine Cola-Flasche genommen und mir zugeprostet, und auch er hat so getan, als ob er niemand im *Goldenen Stern* kennen würde.

»Auf bessere Zeiten«, hat er gesagt, ein bisschen lauter als nötig und laut genug, dass man es auch auf der anderen Seite der Theke hören musste, und wir haben auf die besseren Zeiten angestoßen, und auch ich hab versucht, einen auf ganz normal zu machen.

»Auf die Familie«, hab ich gesagt, und wir haben gleich noch einmal angestoßen, und wenn es nach mir gegangen wäre, hätten wir das den ganzen Abend lang tun können – anstoßen, trinken, anstoßen, trinken –, weil solange man was tut, ist das mit dem Schiss haben nicht so schlimm, und irgendwann wäre Remos Vater vermutlich nach Hause gegangen, und vielleicht hätten wir es noch nicht einmal gemerkt.

Schon klar, das ist nicht der Plan gewesen, und wir haben das mit dem Anstoßen irgendwann auch wieder sein lassen und stattdessen rüber zu Remos Vater gestarrt, und hundert Prozent, dass er uns hat starren sehen, auch wenn er weiter so getan hat, als ob wir gar nicht da wären. Er hat hoch zum Fernseher an der Decke geschaut und hat, sobald sein Glas leer gewesen ist, ein neues bestellt, auch dabei hat er sich nicht aus der Fassung bringen lassen.

»Der sitzt das aus«, hat Remo neben mir geflüstert. »Wahrscheinlich wartet er einfach, bis es elf ist und der Barkeeper uns rausschmeißt.«

Ich hab mein Handy aus der Tasche gezogen und gesehen, dass wir nur noch sieben Minuten gehabt haben, und als die sieben Minuten um gewesen sind, hat der Barmann keine einzige länger gewartet.

»Ab elf nur noch in Begleitung Erziehungsberechtigter«, hat er gesagt, und da hat Remo gelächelt und mit dem Kopf zur anderen Seite der Theke gedeutet.

»Bin ich ja«, hat er gesagt, »das da drüben ist mein Vater.«

Der Barmann hat sich kurz zu Remos Vater umgedreht, der in der Zwischenzeit nicht mehr zum Fernseher sondern in unsere Richtung geschaut und dabei ganz freundlich ausgesehen hat, fast so wie neulich, als er mir bei sich zu Hause die Tür aufgemacht hat.

»Irgendein Problem«, hat er gesagt, »kann ich helfen?«

»Problem würde ich das nicht nennen«, hat der Barmann geantwortet, »der Witzbold hier behauptet nur, dass du sein Vater bist.«

Remos Vater hat kurz aufgelacht und sich ein paar Haare aus der Stirn gewischt, und obwohl er seine Rolle nicht schlecht gespielt hat, hab ich doch genau gesehen, dass er nervös ist.

»Man hat mir ja schon viel angedichtet, aber dass ich einen Sohn habe noch nie. Wie heißt du denn?«

»Wie ich heiße?«, hat Remo zurückgefragt.

Sein Vater hat genickt und einen Schluck von seinem Bier genommen, und als er das Glas wieder auf die Theke gestellt hat, ist ein bisschen was über den Rand geschwappt.

»Oder soll ich raten? Max vielleicht? Jakob? Heinrich? Nein, halt, ich hab's, Paul, du heißt Paul, stimmt's?«

Ich hab kurz zu Remo geguckt und gesehen, wie er

mit den Tränen kämpft. Mit den Tränen und mit den Worten, und irgendwann hat er ganz leise »Das ist erbärmlich, Papa, nur noch erbärmlich« gesagt, und noch in derselben Sekunde ist er von seinem Hocker gerutscht und zur Tür gegangen. Klar bin ich ihm nach, und als ich draußen auf der Straße war, ist Remo schon fast an der nächsten Straßenecke gewesen. Zum Glück hat mein Bein nicht mehr gekribbelt oder wenigstens nur noch ein bisschen, und obwohl Remo kein bisschen langsam gemacht hat, hab ich ihn schon nach ein paar Sekunden wieder eingeholt gehabt. Ich hab meinen Arm um seine Schultern gelegt und gespürt, wie er zittert, ungefähr so wie ich, als ich mit Jo getanzt hab, und vielleicht sogar noch ein bisschen mehr.

»Hat er ja nur so gesagt«, hab ich geflüstert, »ist halt peinlich für ihn gewesen.«

Remo ist stehen geblieben und hat mit einer knappen Geste seiner Hand meinen Arm von seinem Rücken gewischt.

»Ach ja, und denkst du, mir ist es nicht peinlich, einen Vater zu haben, der ein Säufer ist? Der jeden Abend Oper hört, weil er denkt, dass ich dann nicht mitbekomme, wie er eine Flasche nach der nächsten köpft? Und der jeden Morgen so tut, als sei nichts gewesen, und mich offenbar für den letzten Idioten hält, dem man so einen Kram vorspielen kann? Das ist peinlich, das!«

Remos Stimme ist kurz davor gewesen, sich zu überschlagen, und ich hab's noch einmal versucht, also das mit dem Arm, und da ist er wieder ein bisschen ruhiger geworden.

»Und jetzt?«, hab ich gefragt.

Remo hat einen Moment gezögert und noch einmal zurück zum *Goldenen Stern* geschaut, und schließlich hat er mich gefragt, ob er heute bei mir schlafen kann.

»Nur eine Nacht, ich will meinen Vater heute nicht mehr sehen, einfach nicht mehr sehen.«

Ich hab genickt und »Glaub schon« gesagt, und dass ich natürlich erst fragen muss, und dann sind wir zusammen heimgegangen.

Meine Eltern haben Besuch gehabt und im Wohnzimmer auf dem Sofa gesessen, aber trotzdem sind sie beide aufgestanden und haben Remo begrüßt wie einen lang verschollenen Freund.

»Wie geht's dir, ich freue mich so, dass ihr wieder was zusammen macht«, hat meine Mutter gesagt, und da hat Remo kurz zu mir und kurz zu meinem Vater gesehen, und dann hat er mit den Schultern gezuckt, und gesagt hat er nichts, und als wir schließlich in meinem Zimmer gewesen sind, hab ich Remo mein Bett gegeben und mir selbst die Matratze aus dem Gästezimmer auf den Boden gelegt, und obwohl mir alles von der ewigen Lauferei wehgetan hat, bin ich schon ein paar Minuten später eingeschlafen.

Keine Sneaker und jede Menge Ärger

Jos Party war Freitag, und Schule ist erst wieder Montag, was bedeutet, dass ich sie erst dann wiedersehe, und vielleicht ist ihr Ärger bis dahin schon wieder verraucht. So hab ich's mir jedenfalls gedacht, aber wie so oft, wenn man sich was denkt, kommt alles anders, und so ist's auch dieses Mal gewesen. Das Schicksal hat den Montag nämlich einfach mal zwei Tage vorverlegt. Samstag, zehn Uhr, Remo ist schon weg gewesen, und ich bin nur kurz in die Stadt, weil ich mir neue Sneaker kaufen wollte, da bin ich vor dem Kaufhof direkt in sie reingerannt. Jo hat sich auch neue Sneaker kaufen wollen, und wir haben für ungefähr fünf Sekunden was gehabt, über das wir reden konnten, aber dann ist die Sache mit den Sneakern durch gewesen und stattdessen war Schweigen, eisiges Schweigen, und das nächste, was Jo gesagt hat, ist »Ich geh dann mal« gewesen.

»Man sieht sich«, hab ich geantwortet, und da hat Jo ein bisschen gequält gelächelt, und mir ist nicht klar gewesen, ob sie damit meinen bescheuerten Spruch meint, oder die Tatsache, dass wir uns tatsächlich wiedersehen, Montag schon, und ohne noch etwas zu sagen, hat sie sich umgedreht und ist davongehinkt. Ich hab ihr eine Weile nachgesehen, und ihre Party und unser Beinahe-Kuss beim Tanzen sind mir auf einmal vorgekommen, als hätte es das alles nie gegeben, und wenn doch, dann in einer weit entfernten Galaxie oder schlimmer noch in einem Schwarzen Loch, und dass da nichts mehr rauskommt, weiß man ja.

Remo hat übrigens die halbe Nacht geschnarcht, und als ich am Morgen aufgewacht bin, ist er nicht mehr da gewesen. Auf meinem Schreibtisch hab ich einen Zettel gefunden, auf den er ein kleines Bild gekrakelt hat, und obwohl sich Remo wahrscheinlich nur ein oder zwei Minuten Zeit dafür genommen hat, ist die Zeichnung ziemlich gut zu erkennen gewesen, was das angeht, hat er echt was drauf. Das Bild hat einen Bären gezeigt, der einen Menschen quer im Maul hat, und obwohl man den Menschen nicht von vorne gesehen hat, hab ich gleich kapiert, dass Remo nicht Ma-Maar gezeichnet hat, sondern seinen Vater, seinen Vater im Maul von Joschi. Drunter hat Remo »Zu spät!« geschrieben, und auch dafür hab ich keine weiteren Erklärungen gebraucht. Trotzdem hat die Geschichte nicht so ganz hingehauen. Klar, Joschi war der Alkohol, und das Männchen eben Remos Vater, der gerade von Joschi, also vom Alkohol, verschlungen wird, aber ich hab nicht daran glauben wollen, dass es wirklich »zu spät« war, und hab statt an Joschi lieber an Moby Dick gedacht. An Moby Dick und daran, dass das Ganze bei Remos Vater schließlich noch immer ein Kampf war und längst nicht entschieden, der Käpt'n gegen den weißen Wal, ja, hab ich gedacht, das war es. Aber dann ist mir auf einmal eingefallen, dass ja eigentlich wir es waren, die gegen Moby Dick kämpften, Remo und ich, und eben nicht Remos Vater, der einfach nur besoffen an Deck lag und dem der weiße Wal scheißegal war, wenn der nur alle fünf Minuten eine Fontäne Alkohol an Bord spritzte, und somit hat auch die Moby-Dick-Geschichte nicht so richtig gepasst.

Natürlich haben meine Eltern beim Frühstück wissen wollen, warum Remo bei uns geschlafen hat, was noch nie vorgekommen ist, nicht einmal zu der Zeit, als wir dicke Freunde gewesen sind.

»Was ist mit ihm«, hat mein Vater gefragt, »er hat irgendwie müde ausgesehen, finde ich.«

»Ja«, hab ich gesagt, »das ist so eine komische Schlafkrankheit, die er hat, deshalb geht es ihm auch gerade nicht so gut«, aber am Gesicht meiner Mutter hab ich gleich erkannt, dass das eine ziemlich bescheuerte Antwort war.

»Ich verstehe schon«, hat sie geantwortet, »das soll unter euch bleiben, aber lass dich da in nichts reinziehen.«

»Nein, nein, da ist nichts«, hab ich mich beeilt zu erwidern, und sie stattdessen um Geld für die neuen Sneaker gebeten, und als sie's mir gegeben hat, hat mein Vater direkt noch ein bisschen was draufgelegt, damit ich mir was Ordentliches kaufen kann. Gefunden hab ich trotzdem keine, weil das einzige Paar, das mir gefallen hat, nicht mehr in meiner Größe da war, und der Rest hat entweder nach Superspitzensport oder GangstaRap ausgesehen, und da bin ich lieber ohne wieder nach Hause gegangen. Das heißt, eigentlich hab ich noch gar nicht heimgehen wollen, sondern zu Remo, aber auf halber Strecke ist mir wieder eingefallen, dass Samstag ist und dass Remos Vater samstags ja keine Praxis hat, und darauf, dass er mir nach gestern Abend zu Hause die Tür aufmacht, bin ich nicht sonderlich scharf gewesen.

Erspart geblieben ist mir Remos Vater trotzdem nicht. Ich glaube ja nicht an Horoskope oder so was, also absolut nicht, aber es hätte mich nicht gewundert, wenn bei mir so was wie »Heute ist ihr Katastrophentag, bleiben Sie im Bett!« dringestanden hätte. Ich bin auf dem Nachhauseweg eigentlich längst schon an der Abzweigung zu Remo vorbei gewesen, als plötzlich sein Vater vor mir gestanden hat, und ich hab gleich gewusst, dass er nicht in friedlicher Mission unterwegs war. Ich glaube, er ist stocknüchtern gewesen, jedenfalls hat er so ausgesehen, und komisch gerochen hat er auch nicht, aber das hat mich nur noch mehr eingeschüchtert.

»Gut, dass ich dich treffe«, hat er gesagt und dazu so einen Killerblick aufgesetzt, der mich auf einen Schlag komplett außer Gefecht gesetzt hat. Das heißt, an Gefecht hab ich eigentlich gar nicht gedacht, eher schon an Flucht, und am liebsten hätte ich irgendwas wie »Glaub ich nicht« oder »Nichts ist gut« oder einfach nur »Keine Zeit!« geantwortet und mich an ihm vorbeigedrückt und dann mit Hinkebeinmaximalge-schwindigkeit ab nach Hause. Aber so wie Remos Vater dagestanden und mich angestarrt hat, ist an Flucht gar nicht zu denken gewesen und auch an sonst nichts, und so bin ich einfach stehen geblieben und hab »Guten Morgen« gesagt, »guten Morgen, Herr Wilkens.«

Ein kleines bisschen hab ich noch gehofft, dass Remos Vater mich doch weitergehen lässt, und nur mal ein bisschen auf knurrig machen wollte, also wegen gestern Abend und vielleicht auch wegen der tausend Euro, die Remo und ich bei ihm im Waschbecken versenkt haben, aber so wie er gleich danach losgelegt hat, hab ich mir die Hoffnung gleich wieder abschminken können.

»Ich kann mich nicht daran erinnern, dich gebeten zu haben, dich in mein Leben einzumischen, und ich kann es dir schriftlich geben, dass ich das auch nicht vorhabe. Also lass es sein, Tim, lass es einfach sein! Remo und ich kommen gut allein zurecht, und wenn ich ab und zu mal in eine Kneipe gehe, dann mache ich nichts anderes, als Millionen anderer auch. Ich trinke ein oder zwei Bier und gehe dann nach Hause, und wenn du denkst, dass du deshalb zusammen mit Remo Detektiv spielen musst, dann hast du dich geschnitten. Vielleicht sehe ich nicht so aus, aber ich kann ziemlich ungemütlich werden, und wenn du noch einmal in einer Kneipe auftauchst, in der ich mein Feierabendbier trinke, dann rufe ich deine Eltern an und erzähle ihnen von deinen Touren, und davon, dass du anderen Leuten nachspionierst. Und wenn's sein muss, dann erzähle ich ihnen auch von dem Bier, dass du da regelmäßig trinkst, denk nur nicht, mir fällt nichts ein.«

»Aber das stimmt nicht«, hab ich leise geantwortet, »wir haben ja nur Cola getrunken.«

Remos Vater hat kurz aufgelacht und ein bisschen irr zum Himmel geblickt, und auf einmal bin ich mir gar nicht mehr so sicher gewesen, ob er nicht doch schon ein bisschen was intus gehabt hat.

»Stimmt, stimmt nicht, wen interessiert das schon? Glaub mir, ich weiß mich zu schützen. Lass dich einfach nicht mehr blicken, auch nicht bei uns zu Hause, und wenn du doch wieder auftauchst, schmeiß ich dich eigenhändig raus, verlass dich drauf!«

Dann hat er kurz Pause gemacht und erst mal Luft geholt, und auch ich hab erst mal Luft geholt und gedacht, dass das irgendwie gar nicht Remos Vater ist, der mich da auf offener Straße zur Sau macht, aber vielleicht hat in seinem Horoskop am Morgen ja »Der Tag der Abrechnung ist gekommen« gestanden oder »Machen Sie aus Ihren Gegnern Hackfleisch!«, und anders als ich, glaubt er an so was.

Gerettet hat mich schließlich meine Mutter, die plötzlich mit dem Auto vorbeigekommen ist und angehalten hat, und obwohl sie auf dem Weg zu den Einkaufsmärkten draußen beim Hockey gewesen ist, hab ich keinen Moment gezögert und bin eingestiegen.

»Ist das nicht Remos Vater?«, hat sie mich gefragt und, ohne meine Antwort abzuwarten, aus dem Fenster gewinkt, und zu meiner Verwunderung hat Remos Vater gelächelt und zurückgewinkt.

»Ein netter Mann«, hat sie gesagt, »habt ihr über Remo gesprochen?«

»Nein, nein«, hab ich erwidert und eilig den Kopf geschüttelt, »er wollte nur wissen, wie's mir geht.«

Meine Mutter hat kurz aufgelacht.

»Und, wie geht's dir?«

»Na, gut«, hab ich gesagt, »mir geht's gut, außer dass ich keine Sneaker gefunden hab«, und da hat meine Mutter noch einmal gelacht, und als wir fünf Minuten später am Hockey vorbeigefahren sind, hab ich einfach die Augen zugemacht und so getan, als ob ich schlafe.

Am Nachmittag hat Luca angerufen und wissen wollen, warum ich so früh von Jos Party abgehauen bin.

»Ich glaube«, hat er gesagt, »sie ist sauer auf dich.«

»Glaub ich auch«, hab ich geantwortet und dann noch, dass es mir auf einmal total übel gewesen ist, wahrscheinlich von dem Bier, aber so ganz hat Luca mir das nicht abgenommen.

»Ich hab später auch noch ein bisschen getanzt«, hat er gesagt, »also mit Jo. Ich hoffe, du nimmst mir das nicht übel.«

»Quatsch, natürlich nicht, warum sollte ich auch?«

»Na ja, weil Jo und du, also ist ja nicht zu übersehen, dass da was läuft.«

»Ach ja?«, hab ich geantwortet, eigentlich nur, um

ein bisschen Zeit zu gewinnen, weil ich nicht gewusst hab, was ich stattdessen sagen soll, aber dann ist mir doch noch was eingefallen, und ich hab »Vielleicht später mal, im Moment hab ich für so was gar keine Zeit« gesagt, und da ist Luca am anderen Ende der Leitung auf einmal ganz aufgedreht gewesen.

»Das heißt, du hast nichts dagegen, wenn ich mich mal mit ihr verabrede, heute oder morgen?«

»Nein, natürlich nicht«, hab ich geantwortet, auch wenn ich eigentlich lieber das Gegenteil gesagt hätte: »Ja, klar hab ich was dagegen, ich hab sogar eine ganze Menge dagegen, weil das mit keine Zeit ja nur jetzt ist, also jetzt gerade, und vielleicht hab ich bald schon wieder viel mehr Zeit, und so lange lässt du mal schön die Finger von ihr.« So was halt, aber dann habe ich mich damit getröstet, dass Luca am Ende ja doch wieder nur Sprüche macht und sich nicht traut, Jo auch nur anzurufen und zusammen weggehen erst recht nicht, da soll er mir mal nichts vormachen.

Nach seinem Anruf hab ich mich aufs Sofa gelegt und ein bisschen in der Zeitung gelesen. Meine Eltern sind noch mal mit dem Auto weg gewesen, um nach einer neuen Lampe fürs Wohnzimmer zu suchen, weil die alte angeblich kein schönes Licht macht und mein Vater immer sagt, dass er bei dem Licht nicht richtig lesen kann, aber da die Lampensuche schon so lange dauert, wie er an seinem neuen Buch schreibt, kommen sie hundert Prozent wieder ohne zurück. Aber egal, ich hab jedenfalls Zeitung gelesen und mich gerade so halbwegs durch den Politikteil gekämpft gehabt, da hab ich auf einmal die Seite mit den Horoskopen vor mir gehabt. Normalerweise blättere ich ja gleich weiter, aber heute hat's mich schon ein bisschen interessiert, und ich hab gleich mal bei Jungfrau nachgesehen, weil ich im September Geburtstag hab.

»Bleiben Sie am Ball. Kleine Rückschläge können Sie nicht aufhalten. Was wie eine Niederlage aussieht, kann sich schon bald in einen Sieg verwandeln.«

Nicht schlecht, hab ich mir gedacht, selbst wenn man nicht an Horoskope glaubt, und natürlich hab ich mich gleich gefragt, was mit dem Sieg gemeint sein könnte. Remos Vater? Jo? Ich hab einen Moment überlegt und dann bei Stier geguckt, weil Jo im Mai Geburtstag hat, und was da gestanden hat, hat meine gute Laune gleich wieder in Stücke geschlagen.

»Seien Sie offen für Neues. Die Liebe kommt manchmal durch die Hintertür. Eine Gelegenheit ist nur dann eine Gelegenheit, wenn sie auch ergriffen wird.«

Scheiße, hab ich gedacht, Luca, das ist Luca, der da durch die Hintertür kommt, und auf einmal bin ich mir alles andere als sicher gewesen, ob das mit den Horoskopen kompletter Blödsinn ist. Ich bin sofort zum Telefon und hab versucht, Luca zu erreichen, um mich für den Nachmittag und den Abend und am besten für das ganze Wochenende mit ihm zu verabreden, aber Luca hat nicht abgenommen, und irgendwann hab ich es aufgegeben und mich zurück aufs Sofa gelegt. Remo, hab ich auf einmal gedacht, was ist eigentlich

mit Remo, und hab noch einmal nach der Horoskop-
seite gegriffen, aber auf einmal ist mir nicht mehr eingefallen, wann Remo überhaupt Geburtstag hat, und
schließlich hab ich die Zeitung zugeschlagen und stattdessen in meinem Buch gelesen.

Meine Eltern sind übrigens den ganzen Nachmittag
über weggeblieben, und als sie gegen sechs nach
Hause gekommen sind, haben sie tatsächlich eine
neue Lampe dabeigehabt. Meine Mutter hat sie gleich
ausgepackt und eingesteckt und mein Vater hat laut
»Aaah« gesagt, und dass es sich mit der neuen Lampe
bestimmt doppelt so gut lesen lässt wie mit der alten,
aber später am Abend sind ihm dann doch Zweifel gekommen. Er hat auf dem Sofa gesessen und versucht,
sich mit einem Buch in Position zu setzen, aber wie er
auch an der Lampe rumgefummelt und ihren Schirm
gedreht hat, sein Buch ist immer nur zur Hälfte im
Licht gewesen oder so, dass er zum Lesen ganz krumm
dasitzen musste, und noch bevor ich ins Bett gegangen
bin, haben meine Eltern die Lampe wieder in den Kar-
ton gepackt.

»Fehlkauf«, hat mein Vater vor sich hin geflucht, »es
gibt so Tage, da steht man besser gar nicht erst auf«,
und obwohl ich nicht gewusst hab, was meinen Eltern
den Tag über noch so alles schiefgegangen ist, hab ich
zu seinen Worten genickt, und mehr gibt es zu diesem
Tag eigentlich nicht zu sagen.

Luca macht Hausbesuche
und hat eine Idee

Ich bin krank. So richtig, mit Husten und fast vierzig Fieber, und Dr. Li sagt, dass wir aufpassen müssen, dass da nicht mehr draus wird. Dr. Li ist Chinese oder sieht wenigstens so aus, aber leben tut er schon sein ganzes Leben lang hier, und China kennt er, glaube ich, nur aus dem Fernsehen. Eigentlich hat mir Dr. Li Antibiotika geben wollen, aber meine Mutter hat's nicht so mit Chemie und mit den Ärzten seit meiner Kniegeschichte auch nicht mehr so richtig, und eigentlich muss man schon kurz vorm Sterben sein, bevor sie überhaupt einen ins Haus lässt. O.k., kurz vorm Sterben bin ich hoffentlich nicht, aber geholt hat sie Dr. Li trotzdem, weil ihr das mit dem Fieber dann doch irgendwann unheimlich geworden ist.

Dr. Li ist nett und lächelt fast immer und nur, dass er immer »Mein Junge« sagt, nervt ein bisschen. »Du bist richtig krank, mein Junge« oder »Viel trinken, mein Junge« oder einfach »Mein Junge, mein Junge«, und was er damit meint, weiß er wahrscheinlich selbst nicht so genau. Eigentlich hat es Dr. Li auch nicht so mit Chemie und gibt einem lieber irgendwelche Tropfen, Pflanzenkram, den er selbst zusammenmischt, und der angeblich besser hilft als jede Tablette, die man in der

Apotheke bekommt, aber diesmal hat er mir eben doch was Richtiges geben wollen.

»Sonst hast du in ein paar Tagen eine Lungenentzündung, und das wollen wir doch nicht, oder?«

»Nein«, hab ich gesagt oder vielleicht nur gedacht, und ziemlich sicher will meine Mutter auch nicht, dass ich eine Lungenentzündung bekomme, trotzdem hat sie mit den Tabletten noch warten wollen. Dr. Li hat genickt und »Auf Ihre Verantwortung« gesagt, und dann noch »Bis morgen, mein Junge«, und als er gegangen ist, hat er an der Tür eine kleine Verneigung gemacht, wie er es immer tut, wenn er sich verabschiedet.

Mit Schule ist natürlich erst mal nichts, aber Luca kommt jeden Tag und bringt mir die Hausaufgaben. Eigentlich fühle ich mich viel zu schwach für Hausaufgaben oder tue jedenfalls so und stöhne immer ein bisschen, wenn meine Mutter mir die Hefte vom Nachttisch zurück auf mein Bett legt. Dann lacht sie und sagt, dass noch keiner von ein bisschen Mathe gestorben ist und vom Vokabellernen erst recht nicht, bei so was kennt sie keine Gnade.

Von Remo hab ich schon ein paar Tage nichts mehr gehört, und wenn, dann nur über Luca, der meint, dass Remo mal wieder komplette Scheißlaune hat und dass er sich sogar mit Herrn Behrens angelegt hat, aber so wie Luca klingt, ist ihm das ziemlich egal.

»Und was ist mit Jo?«, hab ich ihn am Nachmittag gefragt.

»Wir waren einmal zusammen Eis essen, mehr

nicht«, hat Luca geantwortet und dabei irgendwie traurig ausgesehen, und ich hab versucht, mir nicht anmerken zu lassen, dass ich, anders als er, ziemlich froh darüber gewesen bin.

Was Remo angeht, finde ich es vielleicht gar nicht so schlimm, dass er sich nicht meldet, weil ich so mal ein bisschen Pause von seinen Problemen hab, aber komisch ist es schon. Immerhin hab ich mich in letzter Zeit ziemlich krumm für ihn gemacht und hab's mir seinetwegen sogar mit Jo verbockt, da kann man ja vielleicht schon mal kurz vorbeischauen und »Hallo« sagen. Schon klar, Remo hat's nicht so mit Besuchen bei Freunden oder hat's einfach mit der Zeit verlernt, und es braucht schon so was wie den Abend im *Goldenen Stern*, damit er mal eine Ausnahme macht, und selbst dann ist er am Morgen verschwunden, bevor man überhaupt nur die Augen aufgeschlagen hat. Egal, irgendwann hab ich Remo eine SMS geschrieben und ihn gefragt, ob alles klar ist, und da hat er fünf Minuten später *ja, alles klar* zurückgeschrieben, nicht mehr, gerade so, als ob jeder Buchstabe extra kostet.

Am Morgen hab ich nur noch 38,2° gehabt, und Dr. Li ist ziemlich zuversichtlich gewesen, dass es jetzt aufwärts geht.

»Das Schlimmste hast du hinter dir, mein Junge«, hat er gesagt und mir zwanzig Tropfen aus seinem Kräuterfläschchen gegeben, und von was anderem hat keiner mehr gesprochen.

Komischerweise hab ich mich trotzdem viel schlapper gefühlt als in den letzten Tagen, und als Luca am Nachmittag bei mir war, hab ich mich ganz schön zusammenreißen müssen, dass ich nicht einschlafe. Aber dann ist eine SMS gekommen, und als ich Remos Namen auf dem Display gelesen hab, bin ich von einem Moment auf den nächsten wieder wach gewesen.

»Geht mich ja nichts an«, hat Luca gesagt, »aber langsam habe ich das Gefühl, ihr habt da irgend so eine Geheimmission am Laufen.«

»Richtig«, hab ich geantwortet, »genau richtig.«

»Richtig, Geheimmission?«, hat Luca nachgehakt und ist auf seinem Stuhl ganz aufgeregt ein Stück nach vorne gerutscht.

»Nein«, hab ich erwidert, »richtig, geht dich nichts an«, und da hat Luca ziemlich einen auf sauer gemacht.

»Na toll, ich bringe dir jeden Tag die Hausaufgaben, und als Dank spielst du hier den großen Geheimniskrämer. Das nenne ich wahre Freundschaft.«

»Aber Remo ist auch mein Freund«, hab ich versucht, mich zu verteidigen, »und es gibt da einfach was, das ich nicht erzählen darf, auch dir nicht.«

Luca hat kurz gelacht und ist aufgestanden.

»Und wie oft hat dich dein Freund Remo so besucht, seitdem du krank bist? Deine Verschwiegenheit in Ehren, aber du weißt auch, dass ich so was für mich behalten kann.«

»Klar weiß ich das«, hab ich erwidert, »trotzdem hab ich's Remo versprochen.«

Luca ist zur Tür gegangen und hat sie schon aufgemacht gehabt, als er sich noch einmal zu mir umgedreht hat.

»Bis morgen und viel Spaß beim SMS lesen. Hoffentlich steht was Schönes drin.«

Dann ist er gegangen, und ich hab erst mal gar nichts gemacht, außer auf die Tür zu starren, und es hat bestimmt fünf Minuten gedauert, bis ich nach meinem Handy gegriffen und Remos SMS geöffnet hab.

hier hölle, hab ich gelesen, und weiter: *papa hat scheiß i. d. praxis gemacht. jetzt klage gegen ihn. trinkt noch mehr als sonst. müssen uns was überlegen, dringend! werde schnell wieder gesund.*

Ich hab kurz nachgedacht und dann nach dem Fieberthermometer gegriffen und es mir in den Mund gesteckt, aber als ich es noch vor dem Piepen wieder rausgezogen hab, hat es 38,9° angezeigt, und nach schnell gesund werden hat das nicht unbedingt ausgesehen. Trotzdem hab ich Remo sofort zurückgeschrieben, und obwohl ich schon jetzt Schiss hab vor unserer nächsten Aktion, hab ich behauptet, dass ich fast wieder gesund bin und dass mir bestimmt was einfällt, auch wenn ich nicht den Hauch einer Ahnung gehabt hab, was das sein soll.

Als Luca am nächsten Tag gekommen ist, hat er nicht lange gefackelt und gleich wieder angefangen zu bohren. So von wegen Freundschaft und Dichthalten und dass er sowieso weiß, um was es geht.

»So«, hab ich gesagt, »um was denn?«

Luca hat sich auf seinem Stuhl ein bisschen in Pose gesetzt und mich so ein paar Sekunden lang zappeln lassen, aber dann hat er losgelegt.

»Remos Vater steckt bis zum Hals in Schwierigkeiten. Er hat einer Frau eine falsche Spritze gegeben, und die hat auf einmal keine Luft mehr bekommen und wäre beinahe hinüber gewesen.«

»Ach ja«, hab ich Luca unterbrochen, »und woher weißt du das so genau?«

»Die Schwester der Frau wohnt im Haus neben uns, das ist eine komplett sichere Zeugenaussage. Jedenfalls verklagt die Frau Remos Vater jetzt auf fahrlässige Körperverletzung und Schmerzensgeld, und meine Mutter sagt, dass ihre Chancen gar nicht so schlecht stehen.«

Ich hab mich im Bett aufgesetzt und die Decke zurückgeschlagen, weil mir auf einmal so heiß gewesen ist, als hätte ich wieder vierzig Fieber. Luca hat kurz innegehalten und sich dann mit dem Oberkörper gegen die Lehne seines Stuhls fallen lassen, und schon im nächsten Moment hat er sein großes Luca-Grinsen aufgesetzt, mit dem er immer dann ankommt, wenn er kurz davor ist, seinen Joker aus dem Ärmel zu ziehen.

»Remos Vater ist ein guter Arzt«, hat er schließlich gesagt, »da kannst du fragen, wen du willst, und ein guter Arzt verwechselt keine Spritzen. Es sei denn, der gute Arzt hat ein Problem, und zwar kein kleines. Machen wir es kurz, du weißt es ja sowieso: Remos Vater ist tablettensüchtig. Wahrscheinlich solche Sachen, die man bei Depressionen nimmt, als Arzt kommt er da ja locker dran. Und dass die den Kopf vernebeln, weiß man ja. Vielleicht nimmt er auch noch ein bisschen Koks dazu, aber das hat er natürlich nicht im Medizinschränkchen, das muss er sich von irgendwelchen Dealern kaufen, keine Ahnung, wie er an die rankommt.«

»Das stimmt nicht«, hab ich sofort protestiert, »Remos Vater nimmt kein Koks. Und Tabletten auch nicht.«

Luca hat mich eine Weile unbewegt angeschaut, dann hat er sich auf seinem Stuhl wieder aufgerichtet und ist ein paar Zentimeter auf mich zugerutscht.

»Aber dass er irgendwas nimmt, gibst du zu?«

»Ja, ich meine nein, was weiß ich, ein bisschen Alkohol vielleicht, aber das ist ja nichts Besonderes.«

»Na ja«, hat Luca erwidert, »wenn es so viel ist, dass man als Arzt die Spritzen verwechselt, ist es vielleicht schon was Besonderes.«

Luca ist aufgestanden und zum Fenster gegangen und hat eine Weile hinausgesehen, aber dann hat er sich wieder zu mir umgedreht und hat mich angeguckt wie ein Hund, der um sein Lieblingsleckerli bettelt.

»Jetzt komm schon«, hat er gesagt, »ich bin dein Freund, und ich behalte es für mich, Ehrenwort!«, und da hab ich es Luca erzählt, alles, von Anfang an. Von der Kotzerei im Wohnzimmer, wie wir Remos Vater ins Bett getragen haben, die Sache mit den Flaschen und die Geschichte vom *Goldenen Stern* und dass wir bald was Neues vorhaben auch.

»Nicht schlecht«, hat Luca geflüstert, als ich irgendwann fertig gewesen bin, »jetzt verstehe ich auch diese Geschichte, die du mir erzählt hast. Also die von dem Freund von dem Freund von deinem Vater.«

Luca hat sich vom Fensterbrett abgedrückt und ist wieder zu mir ans Bett gekommen, aber anstatt sich auf seinen Stuhl zu setzen, ist er neben mir stehen geblieben.

»Und jetzt? Was habt ihr vor?«

»Keine Ahnung«, hab ich geantwortet, »erst mal muss ich wieder gesund werden.«

Luca hat einen Moment lang geschwiegen, und ich hab gesehen wie er nachdenkt, ziemlich lange sogar, aber das Gute bei Luca ist, dass bei seinem Nachdenken meistens auch was rauskommt, und als er schließlich fertig gewesen ist, hat er nur ein Wort gesagt, »Schocktherapie«, und obwohl Lucas Ideen manchmal ein bisschen um die Ecke gedacht sind, hab ich gleich kapiert, was er meint.

»Du meinst, Remo und ich, wir sollen?«, hab ich trotzdem nachgefragt, und da hat Luca genickt und gesagt, dass wir nur vorher ordentlich was essen sollen, am besten fette Sachen, und obwohl mir schon bei dem Gedanken, mich zusammen mit Remo vor den Augen seines Vaters zu besaufen, schlecht geworden ist, hab ich sofort gedacht, dass wir ihn damit kriegen können.

»Gut«, hab ich gesagt, »aber ich vertrag nicht viel.«

»Umso besser, kotzt du ihm das Zeug gleich wieder

vor die Füße, dann hat er noch mehr Anschauungsmaterial.«

Dazu hat Luca gelacht, und auch ich hab ein bisschen gelacht, und als Luca schließlich gegangen ist, ist mir auf einmal aufgefallen, dass ich die ganze Zeit, die er da gewesen ist, kein einziges Mal gehustet hab.

Später hab ich Remo eine SMS geschrieben, dass ich eine Idee hab, also eine für dann, wenn ich wieder gesund bin, aber gerade, als ich sie abschicken wollte, ist mir wieder eingefallen, dass Remos Vater mir ja Hausverbot erteilt und mir sogar damit gedroht hat, meinen Eltern irgendwelche Lügengeschichten über mich zu erzählen, und auf einmal ist Lucas Idee gar keine mehr gewesen.

Irgendwann hab ich mir mein Buch geschnappt und weitergelesen, davon, dass auch Quiqueg krank ist, ziemlich schlimm sogar, so schlimm, dass alle denken, dass er stirbt. Am meisten denkt Quiqueg das und lässt sich vom Schiffszimmermann schon einen Sarg bauen, aber dann ist er auf einmal von einem Moment auf den nächsten wieder gesund, und keiner weiß so richtig, was er überhaupt gehabt hat.

Obwohl das Meer, auf dem sie segeln, riesengroß ist, begegnet die *Pequod* immer wieder anderen Walfängern, und jedes Mal fragt Käpt'n Ahab, ob das andere Schiff den weißen Wal gesehen hat, und schon das zweite, die *Jerobeam*, ist ihm tatsächlich begegnet und hat dabei einen Mann verloren, und das sechste, die *Rahel*, hat es noch schlimmer getroffen, weil Moby

Dick ein ganzes Boot mit sich gezogen hat, in dem auch der Sohn des Kapitäns gesessen hat. Der Kapitän der *Rahel* bittet Ahab, ihm bei seiner Suche nach dem Boot zu helfen, aber obwohl der Sohn des Kapitäns gerade mal zwölf Jahre alt ist, sagt Käpt'n Ahab, dass er für so was keine Zeit hat, und segelt lieber Moby Dick hinterher, und spätestens seitdem ist mir klar, das dieser Ahab ein kompletter Irrer ist. Starbuck, einer der Steuermänner, ist der Einzige, der versucht, Ahab zu stoppen, und wenn Remos Vater vielleicht doch Ahab ist, dann sind wir, Remo und ich, vielleicht Starbuck, oder besser noch zwei Starbucks, und anders als im Buch halten wir ihn am Ende doch noch auf.

Am nächsten Morgen hab ich fast kein Fieber mehr gehabt, und meine Mutter hat gesagt, dass ich am Nachmittag vielleicht schon mal wieder einen kleinen Spaziergang machen darf, und obwohl Spazierengehen jetzt nicht gerade mein großes Hobby ist, hab ich mich nach zehn Tagen im Bett darauf gefreut wie ein kleines Kind auf einen Lutscher. Blöd nur, dass der Lutscher schon nach wenigen Metern in tausend Stücke zerbrochen ist. Ich bin noch nicht einmal vorne an der Ecke zur Brucknerstraße gewesen, da ist auf einmal Remo vor mir gestanden, und so, wie er mich angesehen hat, ist mir nicht ganz klar gewesen, ob er mich auf der Stelle umbringen oder erst noch drei Stunden auspeitschen will.

»Was bist du nur für ein Scheißfreund«, hat er mich

angebrüllt, so laut, dass sich weiter vorne sogar zwei Frauen auf dem Gehweg nach uns umgedreht haben, »oder wie erklärst du dir, dass Luca mir auf einmal helfen will.«

Ich glaube, ich hab auf einen Schlag wieder Fieber gekriegt, jedenfalls ist auf einmal kochendes Blut durch meine Adern pulsiert, und als ich nicht gleich geantwortet hab, hat Remo noch einen draufgepackt.

»Vielleicht hat der brave Luca auch schon alles seiner Mutter erzählt, und die bereitet jetzt mal kurz den Prozess gegen meinen Vater vor. Ärztepfusch und Alkohol, das passt schließlich prima zusammen, und eins sag ich dir, dann nehmen sie uns auseinander. Und danach bist du dran, das sag ich dir auch!«

»Luca hat bestimmt niemandem davon erzählt«, hab ich vorsichtig versucht, Remo zu beruhigen, und schon gewusst, dass sich Remo gar nicht beruhigen will.

»Man soll alte Freundschaften einfach nicht aufwärmen, das führt nie zu was«, hat Remo gesagt, und obwohl seine Stimme nicht mehr ganz so laut gewesen ist, hat sie noch verächtlicher geklungen als zuvor. »Außerdem weißt du so gut wie ich, dass Luca die größte Tratschtante weit und breit ist. Da kannst du es auch gleich im Klassenzimmer vorne an die Tafel schreiben.«

Zweimal noch hab ich versucht etwas zu erwidern, aber beides Mal ist mir schon das erste Wort im Mund stecken geblieben, und weil auch Remo nichts mehr gesagt hat, sind wir mit seinem letzten Satz auseinandergegangen, er nach Hause, ich nach Hause, der eine Starbuck und der andere Starbuck, und irgendwie hat es ausgesehen, als ob wir so schnell nicht mehr im selben Boot sitzen würden.

Darüber, dass Bücher nur Bücher sind
und Eisbecher manchmal auch keine
gute Laune machen

Funkstille! Remo macht einen weiten Bogen um mich, und wenn ich doch mal in seine Nähe komme, dreht er sich einfach weg. Ein bisschen viel Strafe dafür, dass ich Luca das mit seinem Vater erzählt hab, finde ich, aber in einem hat Remo schon recht: Luca ist die größte Tratschtante der Klasse, und ich glaube, außer Ben und Charlotte und ein paar anderen, denen nie jemand irgendwas erzählt, wissen es inzwischen alle. Deshalb ist jetzt auch Funkstille zwischen mir und Luca, auch wenn er behauptet, dass er es nur Jana erzählt hat, und sie es gewesen ist, die es dann weiter rumposaunt hat, und weil auch Jo nicht mehr so richtig was mit mir zu tun haben will, ist es gerade ziemlich ruhig um mich herum.

Obwohl ich schon den dritten Tag zurück in der Schule bin, holt mich meine Mutter immer noch jeden Mittag nach dem Unterricht mit dem Auto ab, weil sie meint, dass ich mich noch ein bisschen schonen muss, und auch wenn das natürlich kompletter Quatsch ist, erspart es mir wenigstens Luca auf dem Nachhauseweg. Auf dem Schulhof kann ich ihm ja noch irgendwie aus dem Weg gehen, aber wenn er sich auf einmal mit dem Fahrrad an meine Seite schiebt, dann sieht die

Sache schon erheblich schwieriger aus, und für irgendwelche Ich-kann-eigentlich-gar-nichts-dafür-Fortset-
zungsgeschichten bin ich gerade absolut nicht auf
Empfang.

Am Nachmittag hab ich *Moby Dick* ausgelesen, und
wie ich mir's ja schon gedacht hab, geht die ganze
Sache ziemlich schlecht aus. Drei Tage dauert Käpt'n
Ahabs Kampf mit dem weißen Wal, und am Ende ver-
heddert er sich irgendwie in den Harpunenleinen und
hängt an Moby Dick fest, und der nimmt ihn mit in die
Tiefe. Und so säuft der Käpt'n ab und mit ihm die ganze Mannschaft, weil Moby Dick auch noch das Schiff
in seine Einzelteile zerlegt, und was das alles für meine Geschichte bedeutet, weiß ich auch nicht so recht.
Wahrscheinlich gar nichts, und *Moby Dick* ist einfach
ein Buch, und das richtige Leben ist eben das richtige Leben und hat mit Büchern gar nichts zu tun, und
wer was anderes behauptet, ist nicht ganz bei Trost. So
wie Herr Behrens, der immer sagt, Bücher wären der
Spiegel der menschlichen Seele, und die Geschichten,
die wir darin lesen, unsere eigenen, und dass ich ihm
das die ganze Zeit abgenommen hab, ist mir fast ein
bisschen peinlich. Ach ja, Ismael hat die ganze Sache
tatsächlich überlebt, weil er sich an Quiquegs Sarg
festgeklammert hat, der plötzlich neben ihm im Wasser aufgetaucht ist, und so ist die Geschichte am Ende
doch noch gut ausgegangen, wenigstens für einen,
und das ist ja immerhin besser als nichts.

Später am Nachmittag bin ich in die Stadt, um mir in der Eisdiele einen Schokobecher gegen die schlechte Laune zu gönnen, aber die schlechte Laune hat sich nicht verzogen, kein bisschen, und dass zu Hause große Jubelstimmung war, als ich zurückgekommen bin, hat die Sache auch nicht besser gemacht. Mein Vater hat in der Zeit, als ich draußen war, einen Anruf erhalten, dass er einen wichtigen Literaturpreis bekommt, mit richtig Geld und Zeitung und vielleicht sogar mit Fernsehen, und jetzt ist er natürlich komplett aus dem Häuschen und meine Mutter gleich mit.

»Ich hab's gewusst«, hat sie gesagt, »ich hab's immer gewusst«, dabei hat sie nichts gewusst, gar nichts, und einmal hat sie zu mir sogar gesagt, dass sie *Stopp* ziemlich langweilig findet, und ausgerechnet dafür hat er jetzt den Preis bekommen, und wenn irgendeiner an meinen Vater geglaubt hat, dann bin ich das und nicht meine Mutter.

Ich glaube, mein Vater ist ein bisschen traurig gewesen, dass ich mich nicht richtig mitgefreut hab, und irgendwie hab ich das sogar verstanden und selbst ein bisschen traurig gefunden. Aber warum muss so eine Nachricht auch ausgerechnet dann kommen, wenn man selbst gerade absolut miese Laune hat, und einfach kein Platz ist zum Freuen?

»Was ist mit dir?«, hat mich mein Vater später gefragt, als er in mein Zimmer gekommen ist, und obwohl er noch immer irgendwie in Jubelstimmung gewesen ist, hab ich doch gesehen, dass er sich Sorgen macht.

»Läuft alles gerade nicht so gut«, hab ich geantwortet, und da hat mein Vater meine Hand genommen und ganz fest gedrückt.

»Remo?«, hat er gefragt, und ich hab genickt und ihm die ganze Geschichte erzählt, die mit Remo und die mit Luca und sogar die mit Jo, ein bisschen jedenfalls.

Mein Vater hat eine Weile überlegt, und schließlich hat er mich losgelassen und sich neben mich aufs Bett gelegt.

»Und was ist das Schlimmste?«

»Keine Ahnung«, hab ich geantwortet und mit den Schultern gezuckt, »alles gleich schlimm.«

Irgendwie hat es sich komisch angefühlt, also dass mein Vater neben mir in meinem Bett gelegen und einen auf Sorgenonkel gemacht hat, aber irgendwie auch gut, und als er mich nach einer Weile sogar in den Arm genommen hat, hat sich auch das gut angefühlt.

»Ich glaube, das mit Remo ist schlimmer als das andere«, hab ich schließlich gesagt, und da hat mein Vater genickt und geantwortet: »Das wäre es für mich auch«, und dann noch, dass ich zu ihm gehen und mich bei ihm entschuldigen soll.

»Du hast dich ziemlich ins Zeug für ihn gelegt, und an seiner Stelle wäre ich dir ganz schön dankbar dafür. Ist Remo auch, da bin ich mir sicher, aber du hast eben auch ein Versprechen gebrochen, und dafür würde ich mich bei ihm entschuldigen.«

»Aber ich hab Hausverbot«, hab ich geantwortet, »und in der Schule geht er mir aus dem Weg.«

Mein Vater hat kurz aufgelacht und mir in die Seite geboxt.

»Hausverbot, seit wann lässt du dich von so was aufhalten? Remos Vater ist doch den ganzen Tag weg. Davon, dass er seine Praxis schon dichtmachen musste, habe ich jedenfalls nichts gehört.«

Dann hat mein Vater seine Beine aus dem Bett geschwungen, und nachdem er noch ein paar Sekunden auf der Kante gesessen hat, ist er schließlich aufgestanden und zur Tür gegangen.

»Ach ja, übrigens«, hat er gesagt und sich noch mal zu mir umgedreht, »ich bin stolz auf dich.«

»Ich auch auf dich«, hab ich geantwortet, »ist cool mit dem Preis«, und da hab ich gesehen, wie sich ein paar Tränen in seinen Augen gesammelt haben, und ich glaube, es ist ganz gut gewesen, dass er schnell rausgegangen ist. So haben wir beide ganz für uns allein heulen können, weil wenn man schon heulen muss, dann ist allein heulen immer noch das Beste.

Ein paar Minuten später bin ich auch aufgestanden, und obwohl ich mir sicher gewesen bin, dass mein Vater recht hat, hab ich mich nicht getraut, direkt zu Remo zu gehen. Immerhin ist es schon fünf Uhr gewesen, und vielleicht war Remos Vater schon aus der Praxis zurück, und wenn nicht, hat es immer noch tausend andere Gründe gegeben. Trotzdem bin ich irgendwann aus dem Haus und hab einfach mal eine Richtung eingeschlagen, die so halbwegs ungefähr die zu Remos Haus gewesen ist, aber immer dann, wenn ich zu nah rangekommen bin, hab ich einen kleinen Schlenker gemacht, der mich wieder ein Stück weggeführt hat. Doch dann hab ich eine Idee gehabt. Remos Haus steht am Waldrand, und von früher weiß ich, dass man, wenn man von hinten rangeht, direkt ins Wohnzimmer sehen kann. Vielleicht, hab ich gedacht, kann ich so wenigstens ein bisschen die Stimmung bei Remo peilen, und wenn nicht, ist auch nichts passiert, weil man nämlich umgekehrt nicht vom Wohnzimmer in den Wald sehen kann, zumindest nicht in die Büsche, und wo die besten sind, hab ich auch noch gewusst.

Gleich am Anfang von Remos Straße bin ich die kleine Gasse hoch, die zum Waldrand führt, und hab dort den Trampelpfad genommen, der parallel zu den Gärten verläuft und von dem aus man in jedes Haus sehen kann. Früher haben Remo und ich ganze Abende dort verbracht und haben schon vor allen anderen gewusst, dass in der Zwölf Ehekrach ist und dass die Kinder in der Achtzehn immer vor dem Fernseher sitzen, und einmal haben wir sogar die Polizei gerufen, weil wir in der Zwanzig Taschenlampen im Dunkeln gesehen haben. Aber als die Polizei gekommen ist, hat sich herausgestellt, dass keine Einbrecher im Haus gewesen sind, sondern einfach nur der Strom ausgefallen war, und die Besitzer den Sicherungskasten gesucht haben, und statt einer Heldenurkunde haben wir nur einen Anpfiff von den Polizisten bekommen, die gesagt haben, dass wir das mit dem Schnüffeln in Zukunft mal lieber ihnen überlassen lassen sollen.

Remo wohnt in der Dreißig, und trotz der Büsche hab ich schon auf Höhe der Zweiundzwanzig erkennen können, dass im Wohnzimmer Licht brennt. Es ist noch nicht richtig dunkel gewesen, aber weil der Trampelpfad voller Wurzeln ist, hab ich trotzdem ziemlich auf den Weg achten müssen, und als ich endlich bei Remos Haus gewesen bin, hab ich mich hinter einem der Büsche klein gemacht und durch die Zweige geschaut. Erst hab ich gar nichts gesehen, also nichts außer dem Wohnzimmer, aber dann ist auf einmal Remo aufgetaucht und ein paar Sekunden später auch sein Vater, der ganz komische Bewegungen mit seinen Armen gemacht hat, so, als wollte er sie ausschütteln, immer wieder ausschütteln, und erst, als sich Remo vor ihn gestellt und an den Schultern gefasst hat, hat er damit aufgehört. Auch wenn es sicher dreißig Meter vom Trampelpfad bis zum Wohnzimmer sind, hab ich doch genau gesehen, dass Remo wütend ist. So wütend, dass er seinen Vater schon im nächsten Moment von sich weggestoßen und angefangen hat, auf ihn einzuschreien. Ich hab's ja nicht hören können, aber ich bin mir sicher, dass Remo seinem Vater ganz schön was an den Kopf geschmissen hat. Jedenfalls ist er unter Remos Worten immer kleiner geworden, und irgendwann hat er sich aufs Sofa gesetzt und sich die Ohren zugehalten, und da hat Remo tatsächlich aufgehört. Eine Weile hat er noch dagestanden und seinen Vater angesehen, einfach nur angesehen, dann hat er sich umgedreht und ist aus dem Zimmer gerannt, und was ab da passiert ist, hab ich nicht mehr mitbekommen, weil mein Handy geklingelt hat, und als ich rangegangen bin, ist es meine Mutter gewesen, die mich zum Abendessen nach Hause gerufen hat.

Am Morgen ist Remo in der Schule sehr still gewesen. Er hat keine schlechte Laune gehabt oder so, also eigentlich hat er gar keine Laune gehabt und hat einfach nur auf seinem Platz gesessen, und als Ma-Maar ihn in Mathe aufgerufen hat, hat er noch nicht einmal aufgesehen, und geantwortet hat er auch nicht, und weil Ma-Maar immer noch auf ihrem Friedenstrip ist, hat sie Remo in Ruhe gelassen und einfach den Nächsten drangenommen. Eigentlich hab ich Remo schon in der ersten Hofpause ansprechen wollen, aber weil ich mich nicht getraut hab, hab ich bis zur zweiten gewartet, und weil ich mich wieder nicht getraut hab, bis zum Schulschluss, und weil Remo vor allen anderen aus dem Klassenzimmer gerannt ist, hätte es auch da um ein Haar nicht geklappt. Gut, vielleicht hab ich auch gar nicht gewollt, dass es klappt, aber irgendwie ja doch, also allein schon meinem Vater zuliebe, oder mir zuliebe, weil ich gewusst hab, dass er recht hat, und so hab ich die verbotene Abkürzung über das Hausmeistergrundstück genommen, und unten an der Kurve vom Schulberg hab ich Remo erwischt.

»Stopp«, hab ich gerufen, einfach nur »Stopp«, und zu meiner Überraschung hat Remo sofort eine Vollbremsung hingelegt und ist dabei sogar kurz ins

Schleudern gekommen, aber schließlich ist er nicht weit von mir entfernt zum Stehen gekommen, und hat über die Schulter zu mir zurückgesehen. Nicht feindselig, noch nicht einmal wütend, eher schon gleichgültig, und als ich die paar Meter von meinem Platz auf dem Gehweg auf ihn zugegangen bin, da hat er sich keinen Millimeter von der Stelle gerührt.

»Es tut mir leid«, hab ich gesagt, »das mit Luca. Aber wir können doch ab jetzt wieder ein Team sein.«

Remo hat kurz seinen Blick zur Straße gesenkt, und hat mit seinem rechten Fuß so komisch auf der Stelle hin und her geschabt, gerade so, als wollte er eine Zigarette auf dem Asphalt ausdrücken.

»Es braucht kein Team mehr«, hat er schließlich geantwortet und mit dem Schaben aufgehört, »einem Idioten kann man nicht helfen.«

»Dein Vater säuft«, hab ich protestiert, »aber deshalb ist er noch lange kein Idiot.«

Remo hat mich angesehen und kurz aufgelacht. »Natürlich ist er kein Idiot. Ich bin der Idiot, ich! Wenn einer nicht geholfen bekommen will, dann sollte man ihn einfach in Ruhe lassen, alles andere ist Schwachsinn.«

»Aber er ist dein Vater.«

»Na und«, hat Remo erwidert und mit den Schultern gezuckt, »auch ein Vater hat das Recht sich totzusaufen. Es ist sein Leben, nicht meins, so einfach ist das.«

»Ist es nicht«, hab ich gesagt, und als Remo wieder

auf sein Fahrrad steigen wollte, hab ich es mit beiden Händen am Lenker festgehalten.

»Lass uns noch eine Sache versuchen, eine einzige.«

»Ach ja«, hat Remo erwidert und mich dabei spöttisch angesehen, »und du hast natürlich schon eine Idee und hast nur Luca eingeweiht, aber der erzählt es natürlich nicht weiter. «

Ich hab einen Moment nachgedacht, und schließlich hab ich genickt und Remos Lenker losgelassen.

»Hab ich, und Luca muss ich gar nichts erzählen, weil die Idee nämlich von ihm ist.«

Und dann hab ich sie ihm erzählt, und Remo hat mir immerhin bis zum Schluss zugehört, ohne mich ein einziges Mal zu unterbrechen, und als ich schließlich fertig gewesen bin, hat er erst einmal gar nichts gesagt und mich weiter angesehen, und nur der Spott ist aus seinem Blick verschwunden gewesen. Ich weiß nicht, wie lange wir so dagestanden haben, eine Stunde, zwei, eine Woche, ein Jahr, mir ist es jedenfalls wie eine Ewigkeit vorgekommen, und als ich langsam schon gar nicht mehr mit einer Antwort von Remo gerechnet hab, hat er »Aber ich vertrag nicht viel« gesagt, nur das.

»Umso besser«, hab ich mich beeilt zu erwidern, »kotzt du ihm das Zeug halt gleich wieder vor die Füße, dann hat er noch mehr Anschauungsmaterial«, und dass auch das von Luca ist, hab ich für mich behalten.

»Jetzt muss ich mich erst mal hinsetzen«, hat Remo

gesagt und sein Fahrrad an den Straßenrand geschoben, und kurz darauf haben wir nebeneinander auf dem Gehweg gesessen und nachgedacht.

»Ist doch der komplette Wahnsinn«, hat Remo irgendwann gesagt, »ich, der nie einen Tropfen anrührt, soll mich volllaufen lassen, um meinen Vater, der nichts anderes macht, als sich volllaufen zu lassen, vom Alkohol wegzukriegen. Und am nächsten Tag gehe ich dann kleine Katzen erwürgen, um gegen Tierquälerei zu protestieren.«

»Schlechter Vergleich«, hab ich geantwortet, und Remo hat genickt und »Ja, schlechter Vergleich« geantwortet, und da haben wir beide ein bisschen gelacht, und schließlich sind wir aufgestanden, und Remo hat mich auf dem Gepäckträger nach Hause gefahren.

Mein Vater hat mich an der Tür empfangen und Remo hinterhergewinkt, und als er außer Sichtweite gewesen ist, hat er seinen Arm um mich gelegt.

»Wieder alles gut bei euch?«

»Kann später werden heute Abend«, hab ich erwidert, »vielleicht übernachte ich auch bei Remo«, und da hat mein Vater genickt und mich noch näher zu sich herangezogen, und Sekunden später sind wir zusammen nach drinnen gegangen.

Remo schwört auf seine Gene
und Luca staubt ab

Als ich bei Remo angekommen bin, hat er gerade in der Küche Spiegeleier gebraten.

»Grundlage! Mir wird schon schlecht, wenn ich nur dran denke.«

»Mir auch«, hab ich geantwortet, und anders als Remo hab ich nicht nur den Alkohol, sondern auch die Spiegeleier gemeint. Ich hab nicht gezählt, aber es sind mindestens zehn gewesen, und eigentlich hat man in der Pfanne nur ein Eigelb neben dem anderen gesehen, und als Remo aufgetischt hat, ist das Weiße noch ganz glibbrig gewesen.

»Hau rein«, hat Remo gesagt, »meine Spiegeleier sind weltberühmt«, und als ich schließlich angefangen hab, hat er schon das erste drin gehabt.

»Wie ist der Plan«, hab ich zwischen Nummer zwei und drei gefragt, und Remo hat genickt und rüber zur Arbeitsplatte gezeigt, wo sich ein paar Flaschen Bier und eine Flasche Rotwein aneinandergereiht haben.

»Kein Schnaps«, hat er gesagt, »da kotz ich nach dem ersten Glas.«

»Und wo?«

Remo hat sich das nächste Eigelb in den Mund geschoben und mit der Gabel zur Tür gezeigt.

169

»Wohnzimmer, würde ich sagen. Wenn er kommt, sollten wir schon ordentlich einen drin haben. Sechs Uhr, ich habe eine Verabredung mit ihm.«

»Du hast was?«

»Ich habe ihn in der Praxis angerufen und ihm gesagt, das Behrens kommt und über mich reden will«, hat Remo ganz ruhig erwidert und dabei ein bisschen Eiglibber an den Tellerrand geschoben. »Ich glaube, so weit hat er sich im Griff, dass er das ernst nimmt.«

»Das heißt, wir haben genau eine halbe Stunde Zeit, um uns warmzutrinken.«

Remo hat genickt und zweimal kurz mit dem Messer an meinen Tellerrand getippt.

»Und wenn du nicht mal langsam einen Zahn zulegst, sind es gleich nur noch zwanzig Minuten.«

Ich hab Remo angesehen und schließlich meinen halbvollen Teller zur Seite geschoben.

»Nimm's mir nicht übel, aber deine weltbesten Spiegeleier schmecken scheiße.«

Remo hat kurz einen auf beleidigt gemacht, aber dann hat er genickt und »Hast recht« gesagt, und schon im nächsten Moment haben wir uns die Flaschen gepackt und sind rüber ins Wohnzimmer gegangen.

»Gläser?«

Remo hat auf die Vitrine neben dem Fenster gedeutet, und ich hab einen Moment lang überlegt und dann den Kopf geschüttelt.

»Alles aus der Flasche, sieht irgendwie brutaler aus.«

»Auch gut«, hat Remo erwidert, und kurz darauf haben wir nebeneinander auf dem Sofa gesessen und mit den ersten zwei Bierflaschen auf unser Besäufnis angestoßen, und dass mir bei der Aussicht auf die nächsten Stunden wohl gewesen ist, kann ich wirklich nicht behaupten. Für die erste Flasche haben wir zehn Minuten gebraucht, und weil Remo behauptet hat, dass man mit Durcheinandertrinken schneller besoffen ist, haben wir danach erst mal ein paar Schluck aus der Rotweinflasche genommen, und eigentlich hab ich da schon genug gehabt.

»Eins steht fest«, hat Remo gesagt und gerülpst, »mein Hobby wird das nicht.«

Er hat zwei neue Flaschen Bier vom Tisch genommen und geöffnet, und anders als bei der ersten haben wir uns nicht einmal mehr die Zeit genommen, anzustoßen.

»Ich höre was«, hat Remo auf einmal gesagt und ist vom Sofa aufgesprungen, »das ist sein Auto«, aber als er zum Fenster gerannt ist, hab ich ihn dort den Kopf schütteln sehen, und als er sich wieder umgedreht hat, ist mir nicht so ganz klar gewesen, ob er enttäuscht oder erleichtert war.

»Scheiße«, hat er gesagt, »das Zeug vernebelt einem sogar die Ohren. Normalerweise höre ich sein Auto unter tausend heraus.«

Remo hat sich zurück aufs Sofa fallen lassen und die Beine auf den Tisch gelegt und hat sich selbst beim Zehenwackeln zugesehen, und als ihm das mit dem

Zehenwackeln langweilig geworden ist, hat er mit den Füßen nach seiner Bierflasche auf dem Tisch gegriffen und sie ein paar Zentimeter hochgehoben.

»Guck mal, geht noch!«, hat er gesagt und dabei gekichert wie ein kleines Mädchen.

»Ich glaub, ich muss mal aufs Klo«, hab ich erwidert, und da hat Remo mich ganz erschrocken angesehen und die Flasche zurück auf die Tischplatte gestellt.

»Kotzen?«

Ich hab den Kopf geschüttelt und »Nein, pissen!« geantwortet, und als ich vom Klo zurückgekommen bin, hat Remos Vater im Wohnzimmer gestanden. Irgendwie hat er wie eine Betonsäule ausgesehen, steif und grau, und ich glaube, das, was er da gesehen hat, ist ihm komplett über den Verstand gegangen.

»Komm, setz dich!«, hat Remo gesagt, und obwohl er damit seinen Vater gemeint hat, hab ich mich beeilt, zurück aufs Sofa zu kommen und mir meine Flasche Bier vom Tisch zu greifen.

Remo und ich haben uns zugeprostet, und als wir die Flaschen angesetzt haben, hat er mir kurz zugezwinkert, und mir ist klar gewesen, dass er damit auf Ex meint. Gut, geschafft haben wir's beide nicht, aber Wirkung hat es trotzdem gezeigt. Remos Vater jedenfalls hat seine Tasche neben sich auf den Boden fallen lassen und erkennbar nach Worten gesucht, und als er sie nicht gefunden hat, hat er mit der freien Hand nach der Lehne des Sessels neben sich gesucht, aber gefunden hat er die auch nicht.

»Herr Behrens kommt später«, hat Remo gesagt, »in zwei Wochen oder so«, und seine Stimme hat ein bisschen geklungen wie der alte Plattenspieler von meinem Vater, der schon seit Jahren nicht mehr rundläuft. Auch ich bin nicht mehr ganz rundgelaufen, aber obwohl alles im Zimmer schon ein bisschen vor meinen Augen am Verschwimmen gewesen ist, hab ich Remo noch einmal zugeprostet und den Rest von meinem Bier in einem Zug geleert, und als ich die Flasche gerade zurück auf den Tisch gestellt gehabt hab, da hat Remos Vater seine Stimme doch noch wiedergefunden.

»Was soll das?«, hat er gesagt, nur das, und da hat Remo die angebrochene Flasche Rotwein vom Tisch genommen und ihm hingehalten.

»Kleine Feier unter Freunden, machen wir jetzt öfter.«

Remos Vater hat ihn ein paar Sekunden lang angestarrt, und dann hat er sich ganz plötzlich zu mir gedreht, und mir ist auf der Stelle ganz heiß geworden, heiß und kalt und noch übler, als mir sowieso schon gewesen ist.

»Keine Ahnung, was ihr hier vorhabt«, hat er gesagt, »aber für dich ist die Show jetzt vorbei. Ich hab dir schon mal gesagt, dass du hier nichts mehr zu suchen hast.«

Ich bin schon kurz davor gewesen zu nicken und aufzustehen, da hat Remo das Wort für mich ergriffen, und obwohl seine Stimme immer noch geeiert hat, hat sie doch auch ziemlich entschlossen geklungen.

»Tim bleibt! Ich wohne hier genauso wie du, und du bestimmst nicht, wer mich besuchen darf und wer nicht.«

Remos Vater hat einen Moment innegehalten, und schließlich hat er seinen Mantel ausgezogen und neben uns aufs Sofa gepfeffert.

»Aber vielleicht darf ich bestimmen, wen ich anrufe und wen nicht. Und ich rufe jetzt Tims Eltern an, dass sie ihren besoffenen Sohn bei uns abholen können.«

Damit hat er sich umgedreht und ist zum Telefon gegangen, und ich hab, so gut ich noch gekonnt hab, gebetet, dass meine Eltern nicht mehr zu Hause sind. Sie hatten ins Kino und dann schön essen gehen wollen, ein bisschen Feiern wegen dem Preis, aber mir ist nicht mehr eingefallen, wann. Remo hat von meinem Beten nichts mitbekommen, wie auch, und hat irgendwie ganz entspannt gewirkt, gerade so, als ob er sowieso nicht daran glauben würde, dass sein Vater bei mir zu Hause anruft, und tatsächlich hat er das Telefon nur kurz aus der Station genommen, und noch bevor er überhaupt angefangen hat zu wählen, hat er es schon wieder beiseitegelegt.

»Jetzt komm endlich«, hat Remo in seine Richtung gesagt, »du trinkst doch sonst auch gerne mal einen.«

Er hat eine Flasche Bier geöffnet und sie ihm hingehalten, aber Remos Vater hat noch immer neben dem Telefontischchen gestanden, und obwohl er ziemlich sicher stocknüchtern gewesen ist, hat er ausgesehen, als ob er gleich umkippt.

»Bitte«, hat er schließlich leise gesagt, »hört auf damit.«

»Aber wieso denn?«, hat Remo erwidert. »Wir haben doch gerade erst angefangen.«

Er hat kurz gelacht und die Flasche angesetzt, und nach zwei Schlucken hat er sie an mich weitergereicht.

»Stimmt doch, Tim, oder? Vielleicht gehen wir später noch ein bisschen weg, aber jetzt genehmigen wir uns erst mal hier einen.«

Ich hab genickt, oder vielleicht hab ich auch nur versucht zu nicken, weil mir gerade wieder schrecklich übel gewesen ist und ich mich kurz davor gefühlt hab, aufs Sofa zu kotzen, aber schon im nächsten Moment hat Remo das für mich übernommen. Also nicht aufs Sofa, sondern auf den Tisch, und eigentlich auch nicht auf den Tisch, sondern in eine Glasschale, die dort gestanden und die er sich im letzten Moment gegriffen hat. Remos Kotzen hat gar nicht lange gedauert, und eigentlich ist es nur ein einziger Schwall gewesen, der aus ihm herausgeschossen ist, und danach hat er die volle Schale einfach zurück auf die Tischplatte gestellt.

»Puh«, hat Remo gesagt und sich den Mund abgewischt, und schon im nächsten Moment hat er nach dem Rotwein gegriffen und sich damit den Mund ausgespült.

Ich hab eine Weile zu ihm und dann zu der Schale auf dem Tisch geschaut, in der Remos hellbraune Kotzesuppe vor sich hin geschwappt hat, und da hab ich gespürt, dass es auch bei mir nicht mehr weit ist. Remos Vater hat sich am Telefontischchen festgehalten, aber schließlich hat er es losgelassen und ist auf uns zugekommen, und so, wie er ausgesehen hat, hätte er jetzt auch einen Schluck vertragen können.

»Weiß auch nicht, was los ist«, hat Remo neben mir gesagt, »normalerweise vertrage ich viel mehr.«

»Vielleicht die Eier«, hab ich geantwortet, und da hat Remo sich den Bauch gehalten und »Verdammt, Salmonellen« gesagt, und dann hat er noch einmal gekotzt, aber dieses Mal ist es voll aufs Sofa gegangen.

»Hört auf«, hat Remos Vater gesagt, »hört endlich auf, ich hab's verstanden.«

Remo hat den Kopf geschüttelt, so, wie man ihn schüttelt, wenn einem ein kleines Missgeschick passiert, und hat ein Kissen auf den Kotzehaufen gelegt und so getan, als ob er seinen Vater gar nicht gehört hätte.

»Machen wir später weg«, hat er schließlich in meine Richtung gesagt, »ich glaube, im Kühlschrank sind noch ein paar Breezer.«

Remo ist aufgestanden und hat mich hochgezogen, und erst da hab ich so richtig gemerkt, wie besoffen ich war. Alles hat sich gedreht, der Boden, die Wände, die Möbel, Remos Vater, ja, besonders Remos Vater, der schwankend in der Mitte des Zimmers gestanden und uns nachgesehen hat, ein einsamer Kapitän, dem gerade seine Mannschaft von Bord ging. »Jetzt komm schon«, hab ich Remo neben mir rufen hören, »der kriegt sich schon wieder ein.«

Der Weg in die Küche ist mir endlos vorgekommen, und immer wieder hab ich mich an Schränken, Türen oder einfach nur der Wand festhalten müssen, aber irgendwie hab ich es geschafft und Remo auch, und während ich mich sofort auf einen der Küchenstühle hab fallen lassen, hat er sich am Kühlschrank zu schaffen gemacht und ist Sekunden später tatsächlich mit zwei Flaschen Breezer an den Tisch gekommen. Aus dem Wohnzimmer hab ich das Klirren von Flaschen gehört und eine, die zu Bruch gegangen ist, und kurz darauf hat auch Remos Vater in der Küche gestanden.

»Vorsicht mit Alkopops«, hat Remo zu mir gesagt, »sehr gefährlich, kann man überall lesen.«

Dann hat er die Flaschen geöffnet und eine zu mir hingeschoben, und noch bevor er seine ansetzen konnte, hat sich sein Vater auf ihn geworfen. Ich glaube, er hat ihm die Flasche aus der Hand reißen wollen, aber Remo ist trotz der Sauferei erstaunlich geschickt gewesen und hat die Flasche von einer zur anderen Hand wandern lassen und wieder zurück, und sein Vater hat immer wieder ins Leere gegriffen. Mir ist beim Zugucken noch schwindliger geworden, als es mir eh schon war, und irgendwann sind die beiden zusammen mit dem Stuhl einfach nach hinten umgekippt. Remo hat das Durcheinander genutzt, um sich zu befreien, und noch bevor sein Vater sich am Boden wieder aufgerappelt gehabt hat, ist Remo schon auf der Arbeitsplatte gesessen und hat den Breezer in einem Zug in sich hineinlaufen lassen. Er hat gerülpst und die leere Flasche neben sich in die Spüle geworfen, und ohne dem Gepolter darin Aufmerksamkeit zu schenken, hat er sich mit dem Rücken gegen die Kacheln der Küchenwand kippen lassen.

»Vielleicht bin ich noch nicht so gut wie du«, hat er zu seinem Vater gesagt, der sich gerade neben mir am Tisch hochgezogen hat, »aber bei den Genen schaffe ich das schon noch.«

Dann hat Remo zu mir gesehen und mir aufmunternd zugenickt, und da hab auch ich den Breezer angesetzt, aber mehr als zwei, drei Schlucke hab ich nicht mehr reinbekommen.

»Jetzt noch mal anrufen?«, hat Remo gefragt und lachend zurück zu seinem Vater geschaut, und im selben Moment hab ich gespürt, wie das ganze Zeug in mir hochkommt. In letzter Sekunde hab ich mich von meinem Stuhl hochgedrückt und bin zur Spüle gestürzt, aber so ganz hab ich es nicht mehr geschafft. Also eigentlich hab ich es gar nicht mehr geschafft, und der ganze Mist ist vor mir auf den Küchenboden geklatscht, auf den Küchenboden und meine Hose und auf meine Sneaker auch, und in dem ganzen Nebel um mich herum hab ich noch gedacht, was für ein Glück, dass ich noch keine neuen hab, und im selben Moment bin ich in meiner Kotze ausgerutscht und der Länge nach auf den Boden geknallt. O. k., ist nicht schlimm gewesen, außer vielleicht, dass ich jetzt komplett eingesaut gewesen bin, aber darauf ist es auch schon nicht mehr angekommen. Irgendwie hab ich gedacht, dass jetzt gleich Remos Vater zu mir kommt, so als Arzt eben, und mich fragt, ob mir was wehtut und ob ich meine Zehen noch bewegen kann, aber stattdessen hat er sich wie in Zeitlupe auf einer der Küchenstühle gesetzt und ist über der Tischplatte zusammengebrochen. Direkt neben meiner Breezer-Flasche, und noch bevor ich es gehört hab, hab ich es gesehen: Remos Vater hat geheult. Sein ganzer Oberkörper hat gezittert und sich immer wieder unter Krämpfen aufgebäumt, und als Remo von der Arbeitsplatte gerutscht und vorbei an meiner Kotze noch einmal zum Kühlschrank gegangen ist, um neue Flaschen rauszuholen, hab ich »Genug« gesagt, »ich hab genug«, und da hat Remo genickt, und wir sind zusammen aus der Küche geschwankt und gleich weiter zu ihm nach oben.

Ich hab's irgendwie geschafft, unter die Dusche zu kommen, und Remo hat mir Anziehsachen von sich geliehen, und obwohl sie mir viel zu groß gewesen sind, hab ich es trotzdem cool gefunden, was von ihm anzuhaben.

»Mir ist so scheiße schlecht«, hab ich gesagt, »hoffentlich kotz ich die nicht auch noch voll.«

»Und wenn schon«, hat Remo erwidert, »schmeißen wir sie einfach in den Müll. Deine Klamotten, meine Klamotten, das Sofa, das ganze Haus, alles in den Müll!«

Dann hat er gelacht, und auch ich hab ein bisschen gelacht, dabei ist mir zum Lachen eigentlich immer noch viel zu übel gewesen ist. Kurz darauf hab ich mich im Dunkeln auf den Heimweg gemacht, und wenn ich mich auf eins zu Hause gefreut hab, dann darauf, mir mit meiner Zahnbürste diesen scheiß Geschmack aus dem Mund zu schrubben. Trotzdem hab ich bestimmt doppelt so lang gebraucht wie sonst, und einmal hab ich mich sogar kurz verlaufen, und als ich gerade den richtigen Weg wieder gefunden hab und in die Brucknerstraße einbiegen wollte, von der ein Fußweg fast genau zu unserem Haus führt, hab ich Luca und Jo gesehen. Gut, ich bin noch immer besoffen gewesen, aber so besoffen, dass ich nicht erkannt hätte, dass Luca und Jo Hand in Hand gegangen sind, nun auch wieder nicht. Ich hab sie so schräg von hinten gesehen, und irgendwie bin ich froh gewesen, dass sie mich nicht gesehen haben, nicht in meinem Zustand und auch sonst nicht. Luca, hab ich bei mir gedacht, Luca, du mieser, kleiner Abstauber.

Ein paar Sekunden später sind sie abgebogen, genau in die Richtung, in der Luca wohnt, und da hab ich mich umgedreht und bin nach Hause gegangen. Keine Ahnung, wie spät es gewesen ist, vielleicht acht oder halb neun, aber ich hab keine Sekunde gezögert und bin ins Bett gegangen, und als ich in der Nacht aufgewacht bin, hab ich rasende Kopfschmerzen gehabt, und darüber, wie's mir am nächsten Morgen gegangen ist, kein Wort!

Remo gießt Blumen und
morgen ist ein neuer Tag

Seit drei Wochen wohnt Remo bei uns. Unser Gästezimmer ist zwar nicht viel mehr als eine Abstellkammer mit Bett, aber Remo ist sowieso die meiste Zeit bei mir drüben. Auch nachts, dann nehmen wir einfach die Matratze aus dem Gästebett und legen sie vor dem Schreibtisch auf den Boden, und am Morgen räumen wir sie wieder zurück, damit wir mehr Platz haben. Ehrlich gesagt, hab ich nicht geglaubt, dass das durchgeht, also das mit Remo und dass er eine Weile bei mir wohnt, und ich hab nicht schlecht gestaunt, als sich meine Eltern nur kurz angesehen und »Na klar« gesagt haben, »das ist mit Sicherheit die beste Lösung«, und vielleicht ist es sogar die einzige gewesen.

Nach unserem Besäufnis hat Remos Vater einen Zusammenbruch gehabt. So mit Psycho und Nerven, und ein paar Tage lang ist er nicht mehr aus dem Haus gegangen. Ich glaube, er hat sich schrecklich geschämt, dass sich sein Sohn zusammen mit einem Freund vor seinen Augen volllaufen lassen muss, weil er das mit seiner eigenen Sauferei anders einfach nicht kapiert. So sehr, dass er danach mit Remo zum allerersten Mal überhaupt über seine Krankheit gesprochen hat. Ja, Krankheit, so hat er es selbst genannt, und davon, dass er ein Genusstrinker ist, war auf einmal keine Rede mehr. Jetzt ist er in einer Entzugsklinik, genau so, wie es Luca damals gesagt hat, nur, dass er da allein hingefahren ist, und vor der Tür umgekehrt ist er auch nicht. Remo darf ihn einmal in der Woche besuchen, und er sagt, dass sein Vater schon viel besser aussieht und dass es ihm gut geht, aber ob das so bleibt, kann keiner sagen. Jedes Mal, wenn Remo bei ihm ist, richtet mir sein Vater Grüße aus. »Gruß an Tim, den alten Säufer«, sagt er dann und lacht, aber ich glaube, das ist nur eine Erfindung von Remo.

Remo sieht im Übrigen auch besser aus und ist morgens nicht mehr so müde, und in der Schule ist es sogar schon ein paarmal vorgekommen, dass er sich in der ersten Stunde freiwillig meldet. O.k., nicht in Mathe, wo er immer noch ziemlich in den Seilen hängt, aber seit wir jeden Tag gemeinsam Hausaufgaben machen, geht's auch da ein bisschen aufwärts. Allerdings ist Ma-Maar auf dem besten Weg, wieder zu ihrer alten Form zurückzukehren. Die Sache mit Joschi hat sie scheinbar vergessen, und das tut mir nicht nur für uns leid, sondern irgendwie auch für sie. Gestern hat sie Remo zum ersten Mal seit unserem Tierpark-Besuch wieder runtergeputzt, also richtig, mit lächerlich machen und so, aber Remo hat nach der Stunde gesagt, dass man das sportlich sehen muss und Ma-Maar halt Ma-Maar ist, manchmal verstehe ich ihn noch immer nicht.

Ich selbst hab mich auch wieder ein bisschen gefangen. Im letzten Französisch-Vokabeltest hab ich eine Eins Minus geschrieben, und das Minus hab ich nur deshalb bekommen, weil ich zwei Accents falsch gesetzt hab. Herr Behrens hat mir sogar ein Lob druntergeschrieben, »Gut, Tim, weiter so!«, und was die nächste Mathearbeit in drei Tagen angeht, bin ich eigentlich auch ganz zuversichtlich.

Alles gut also, sieht man mal von Luca und Jo ab, die einen auf Turteltäubchen machen, dass einem davon schlecht werden kann.

»Du hast ja nie Zeit gehabt«, hat Luca gesagt, als ich ihm vorgeworfen hab, dass ich's schon gern von ihm erfahren und nicht zufällig auf der Straße mitbekommen hätte, aber ein bisschen, das geb ich zu, hat Luca ja sogar recht.

Komischerweise ist Jo wieder richtig nett zu mir, und ich weiß nicht, ob ich mich darüber freuen soll oder lieber nicht. Irgendwie sagt ihre gute Laune ja, dass sie die Sache mit mir abgehakt hat und mir nichts mehr nachträgt. Aber vielleicht möchte ich genau das, also dass sie mir die verpatzten Verabredungen nachträgt, weil ich dann irgendwann wieder was gutmachen kann bei ihr. Irgendwann, wenn ihre große Liebe mit Luca vorbei ist, und dass der Tag kommen wird, also darauf verwette ich meinen Hockeyschläger und mein Sparbuch gleich mit. Nur blöd, dass Jo dann wahrscheinlich schon längst in den USA ist, und auch wenn sie die USA nicht leiden kann, gilt das vermutlich nicht für jeden Jungen da drüben, und so kann ich meinen

Hockeyschläger und mein Sparbuch genauso gut darauf wetten, dass Jo mich schon bald komplett vergessen hat, und dass es mit Luca nicht anders sein wird, ist mir auch kein Trost.

Luca und Jo küssen sich in jeder Pause, egal ob drinnen oder auf dem Hof, mit Zunge, das volle Programm, und Luca sagt, dass er kein Mädchen kennt, das so gut küsst wie Jo. Kann schon sein, ich kenne auch kein besseres Brathuhn mit Kastanienfüllung als das von Oma Gerda, ganz einfach, weil ich nie ein anderes Brathuhn mit Kastanienfüllung gegessen habe, und genau so ist es auch mit Luca und dem Küssen.

Von mir aus können wir trotzdem Freunde bleiben, also Luca und ich, und ich glaube, Luca sieht das genauso. Schon klar, dass er jetzt weniger Zeit hat und im Moment eigentlich gar keine, weil er vor lauter Küssen zu nichts anderem mehr kommt, aber eine richtige Freundschaft muss so was schon aushalten können, finde ich. O. k., um ehrlich zu sein, ist es gar nicht so leicht, also das mit dem Aushalten und der Freundschaft, und wahrscheinlich werde ich noch eine ganze Weile brauchen, bis ich so richtig über die Sache weg bin.

»Bist du noch sauer«, hat Luca mich erst gestern in der Hofpause gefragt, und ich hab »Klar« geantwortet, »klar bin ich noch sauer«, und da hat er genickt und gesagt, dass er das an meiner Stelle auch wäre, und hat mir beim Bäcker ein Schokocroissant spendiert, und nach der Schule sind wir zum ersten Mal wieder

zusammen mit dem Fahrrad den Schulberg runtergefahren.

Obwohl die Schule erst um acht anfängt, stehen Remo
und ich immer schon um halb sieben auf. Remo hat
nämlich seine Hanteln von zu Hause mitgenommen,
und weil ich finde, dass mir ein paar Muskeln mehr
auch ganz gut stehen würden, mache ich Remos Übungen jeden Morgen mit. Dann frühstücken wir mit meinen Eltern, und irgendwie ist Remo das Leben bei uns
in der kurzen Zeit so selbstverständlich geworden,
dass er schon anfängt rumzumeckern, wenn ihm was
nicht schmeckt oder wenn nicht mehr genug Milch fürs
Müsli im Kühlschrank ist.

»Oh weh, unser Gast ist nicht zufrieden«, sagt meine
Mutter in solchen Momenten und lacht, und dann ist
Remo seine Meckerei immer ein bisschen peinlich.

Manchmal geht Remo zwischendurch nach Hause.
Angeblich, weil er die drei Pflanzen gießen muss, die
im Wohnzimmer stehen, aber ich glaube, er hat einfach
ein bisschen Heimweh. Kann sein, dass er dann den
ganzen Nachmittag weg ist, und einmal hat er sogar
zu Hause geschlafen, auch wenn das Jugendamt das
eigentlich verboten hat. Mit fünfzehn darf man angeblich noch nicht allein zu Hause leben, und auch, wenn
ich mich freue, dass Remo bei uns wohnt, ist das natürlich der komplette Blödsinn. Mit fünfzehn kann man
nämlich schon ziemlich viel und mit vierzehn auch.
Lehrerinnen vor dem sicheren Tod retten und dafür

eine Tapferkeitsurkunde bekommen zum Beispiel. Oder seinem Vater Anschauungsmaterial für einen Alkoholentzug liefern. Oder nicht daran verzweifeln, dass die eigene Mutter nach Südfrankreich abgehauen ist oder die Ärzte einem so lange am Bein rumgepfuscht haben, bis es irgendwann steif war. Und da soll man nicht mal vier Wochen allein zu Hause sein dürfen? Ja, vier Wochen, so ist es geplant, aber weil davon jetzt schon drei um sind, hoffe ich schwer, dass Remos Vater in der Klinik noch mal Verlängerung bekommt, und Remo sagt, dass es dafür ganz gut aussieht. Sowie auch für die Klage gegen seinen Vater. Lucas Mutter sagt, dass es schon sein kann, dass er Schmerzensgeld an die Frau zahlen muss, der er die falsche Spritze gegeben hat, aber dass Remos Vater deshalb gleich seine Zulassung als Arzt verliert, glaubt sie nicht, weil ja keiner weiß, ob er dabei besoffen gewesen ist oder eben nicht.

Seit sein Vater in der Klinik ist, hat Remo seine Geheimhaltung übrigens komplett aufgegeben. Jeder, der will, darf wissen, dass sein Vater auf Entzug ist, und irgendwie finden es alle gut. Also nicht, dass Remo einen Alkoholiker als Vater hat, aber dass er so offen damit umgeht, und er selbst sagt, dass es ein Fehler gewesen ist, so lange Versteck damit zu spielen.

»Weißt du, was ich glaube?«, hat Remo heute zu mir gesagt. »Ich glaube, dass mein Vater keine Ahnung hat, wer ihn am Ende gerettet hat.«

Wir haben in meinem Zimmer über den Mathe-Hausaufgaben gesessen, aber Remo ist schon die ganze Zeit nicht so richtig bei der Sache gewesen.

»Und, wer hat ihn gerettet?«, hab ich zurückgefragt.

»Na, Ma-Maar!«

»Ma-Maar?«

»Ja, klar! Sie hat mich einen Mathe-Krüppel genannt, ich hab einen Apfel nach ihr geworfen, und Seidel hat mich von der Schule geworfen. Nur deshalb hast du mir die Hausaufgaben gebracht, und wir haben uns wieder ein bisschen angefreundet. Irgendwann hast du dann meinen Vater vollgekotzt auf dem Sofa liegen sehen, und ab da haben wir gemeinsame Sache gemacht.«

Ich hab einen Moment nachgedacht und schließlich das Matheheft zugeklappt.

»Aber das heißt ja eigentlich, dass ich ihn gerettet habe. Oder wir.«

Remo hat gelacht und ist aufgestanden. Dann hat er sich eine von seinen Hanteln genommen und angefangen, Übungen zu machen.

»Jetzt bilde dir mal bloß nichts ein. Nein, nein, Ma-Maar ist die Heldin, das ist doch wohl klar. Dass ich sie gerettet habe, war nur der gerechte Dank dafür.«

Später ist Remo zum Judo gegangen und ich zu Frau Jansen, weil ich ihr ja versprochen hab zu erzählen, wie ich *Moby Dick* gefunden hab.

»Und?«, hat sie gefragt und mich angesehen, und da hab ich gesagt, dass ich bis zum Schluss nicht so richtig kapiert hab, warum dieser Käpt'n Ahab wie ein Irrer hinter dem weißen Wal herjagt, um sich an ihm zu rächen, und dafür sein Schiff und die ganze Mannschaft aufs Spiel setzt.

»Na, weil der Wal ihn zum Krüppel gemacht hat«, hat Frau Jansen gesagt, »das ist ja schließlich kein Spaß, sein Leben lang mit einem Hinkebein durch die Welt zu laufen«, und im selben Moment ist sie ganz bleich geworden und hat sich ihre rechte Hand vor den Mund geschlagen.

»Entschuldige«, hat sie gestammelt, »entschuldige bitte«, und schließlich hat sie ein anderer Kunde gerettet, der wissen wollte, ob sie auch Bücher über Hunde hat, und so schnell hab ich Frau Jansen noch nie in der hinteren Ecke ihres Ladens verschwinden sehen, dabei hat sie bestimmt gar keine Bücher über Hunde, gesehen hab ich jedenfalls noch nie welche bei ihr.

Auf dem Heimweg hab ich noch einen kleinen Umweg gemacht. Die Silberburgsteige hinauf und die Max-Planck-Straße entlang, dann quer durch den Loretto-Park, von wo aus man schon den Leibnizplatz sehen kann. In Remos Beobachtungs-Café ist Hochbetrieb gewesen, jedenfalls hat es durch das Fenster den Eindruck gemacht, als ob es bis zum letzten Platz besetzt wäre. Ganz im Gegensatz zum *Goldenen Stern* gegenüber, in dem nicht der geringste Betrieb gewesen ist, weil es den *Goldenen Stern* nämlich gar nicht mehr gegeben hat. Statt der Öffnungszeiten hat ein handgeschriebener Zettel an der Tür gehangen, auf dem

»Hier demnächst Asia-Imbiss« gestanden hat, und ich weiß nicht warum, aber ich hab mich als Erstes gefragt, was jetzt wohl der grummelige Barmann macht. Vielleicht, so hab ich gedacht, schnibbelt er demnächst in der Küche vom Asia-Imbiss Gemüse, und wenn nicht, dann ist er arbeitslos und fängt vor lauter Frust an zu saufen, aber das hat er wahrscheinlich auch vorher schon getan.

Um kurz vor sieben bin ich wieder zu Hause gewesen und Remo vom Judo um halb acht, und nach dem Abendessen sind wir gleich in mein Zimmer gegangen. Remo hat ziemlich gute Laune gehabt und erzählt, dass er bald schon die Prüfung für den braunen Gürtel machen wird und dass er vielleicht sogar zu den Kreismeisterschaften fahren darf und dass ich da mitkommen muss, um ihn anzufeuern.

»Klar«, hab ich gesagt, »mach ich«, und dann hab ich ihm vom *Goldenen Stern* erzählt.

»Da siehst du mal«, hat er erwidert, »wie viel mein Vater gesoffen hat. Kaum ist er auf Entzug, müssen die den Laden dichtmachen.«

Ich hab gedacht, dass Remo gleich anfängt loszulachen, aber stattdessen ist er auf einmal ganz ernst gewesen und wollte nicht mehr groß reden und lieber die Mathe-Hausaufgaben zu Ende machen, und als wir damit fertig gewesen sind, haben wir Zähne geputzt und sind früher als sonst ins Bett gegangen.

Draußen hat es gestürmt, und die Bäume haben das Licht der Straßenlaternen über die Wände flackern lassen, über meinen Hockeyschläger und Jos Barça-Fahne, und wenn ich vor dem Einschlafen noch irgendwas gedacht hab, dann dass ich immer noch nicht so richtig weiß, ob Remo nun etwas mit dem Feuer im Chemie-Saal zu tun hatte oder nicht, aber man kann ja nicht alles im Leben wissen.

»Gute Nacht«, hat Remo neben mir geflüstert, und ich hab genickt und »Bis morgen« zurückgeflüstert.

Und das ist alles, was ich euch erzählen wollte.

Martin Gülich

Martin Gülich, geboren 1963, lebt und arbeitet als freier Schriftsteller in Stuttgart. Seit seinem Jugendroman-Debüt *Vorsaison* sind zahlreiche weitere Romane von ihm erschienen, zuletzt *Entschuldigen ist nicht mein Ding*. Seine Bücher wurden in neun Sprachen übersetzt und vielfach ausgezeichnet, unter anderem mit dem Thaddäus-Troll-Preis, dem Reinhold-Schneider-Förderpreis der Stadt Freiburg und dem Heinrich-Heine-Stipendium der Stadt Lüneburg.